ZUN

ANA SQUILANTI

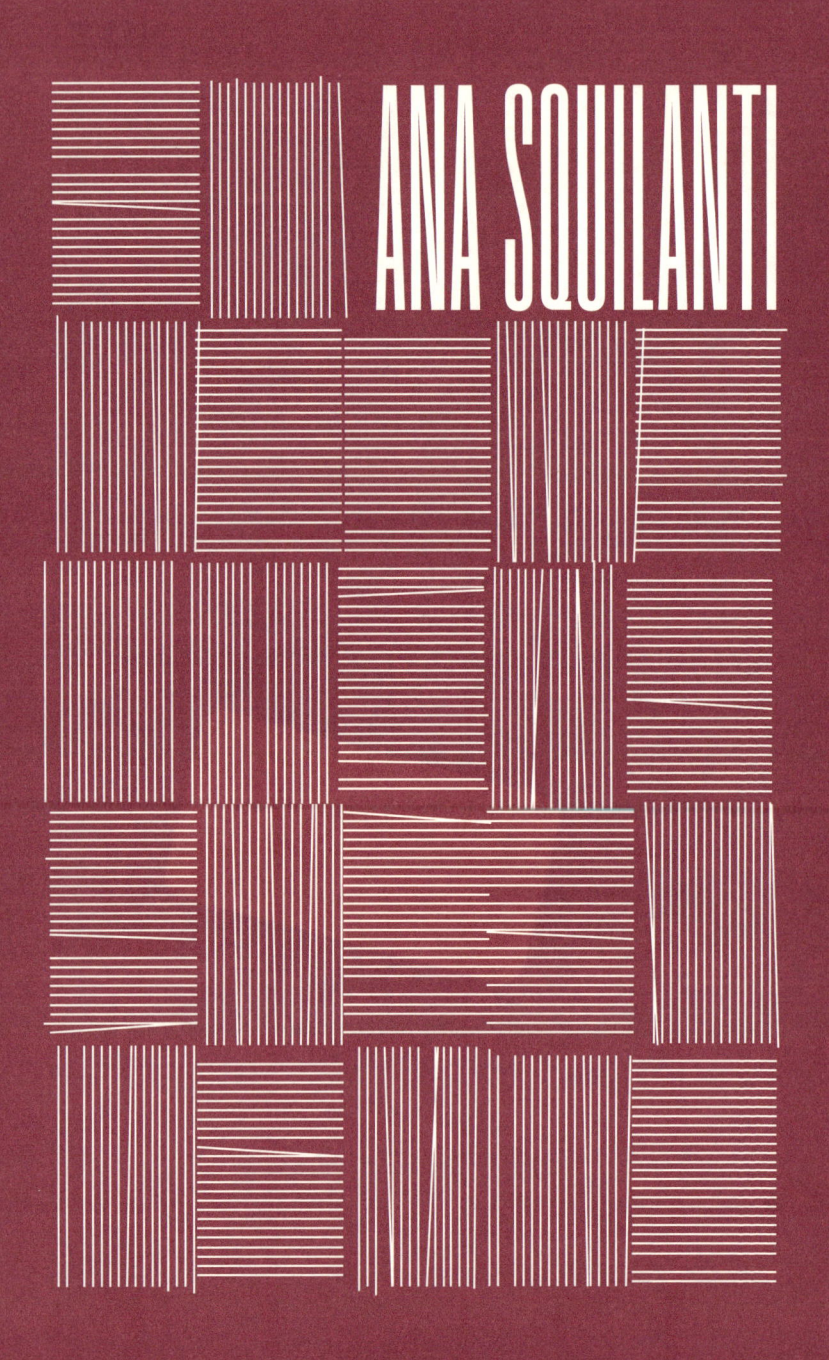

COSTURAS PARA FORA

para aquelas que têm dificuldade
de colocar a linha
na agulha

*sei que por escolha ou fatalidade,
não importa, estamos tão enredados
que seria impossível recuar.*

CAIO FERNANDO ABREU

08	Sem Costura
12	Dê pouca água aos cactos
18	Lista de compras
24	Beira
30	Trava de fogão
36	Ponto falso
44	Acumuladora de sombras
49	Bonita de rosto
60	Não se apague essa noite
65	Sem revelação
70	Papel de bala
76	La grande mort
82	Sal pimenta fogo foguinho
88	Prato feito
94	Quem os postes iluminam
98	Eu me comportei bem esse ano
106	Senhor do seu tempo
112	Questão de sorte
120	Queria chuva de verão
126	As duas Evas
136	Nós

SEM COSTURA

Há dez anos, cinco costureiras funcionavam a todo vapor e a toda linha no ateliê. Uma para molde, outra para corte, duas para arremate, e Rosilda, a chefe, fazia tudo, mas preferia os bordados. Quem prezava pelo capricho casou com vestido de renda francesa com pedraria escolhida a dedo e aplicada pela dupla mais famosa da cidade: o polegar e indicador direitos de Rose.

Para ser atendido, tinha que marcar hora esperar o prazo aguardar na fila, que por vezes saía da sala e invadia o jardim. Agora as pessoas se ordenam no caixa da loja de eletroeletrônicos vizinha, que espreme o ateliê junto ao quase arranha-céu do outro lado. Rosilda não venderia a casa, nem pararia de costurar, mesmo que tivesse de fazer isso sozinha. Mesmo quando se prefere pagar a metade por uma roupa que dura um terço do tempo.

– Letícia, já ia colocar suas peças para a doação.

Ela era uma das poucas clientes remanescentes, herdada dos pais, mas fazia um ano que não passava pelo portãozinho baixo de metal, dava alguns passos pelo piso de caquinhos vermelhos e abria a porta de entrada sem bater. Um ano para mais ou para menos, os dias passaram diferente nos últimos tempos.

– Tá magrinha, menina. Meu abraço não dava a volta em você. Tá de dieta?

– Antes fosse.

A senhora caminha até o canto da saleta de recepção, onde ficam as roupas prontas, tanto as encomendas quanto os consertos. Cabides se amontoavam na arara e, ao lado, grandes armários sem portas exibiam dobras de linho, seda, tricoline... Mas, hoje, acha sem pressa, não precisou subir no banquinho, há espaço de sobra para todas as peças nas prateleiras.

– Como estão os netos, Rose?

– Bem, querida, Juliana logo se forma na faculdade, Fernando tá noivo, Caio e a mulher tão esperando um filho... E suas crias?

Bem também. Vicente já anda de bicicleta sem rodinhas, tirou a última no final de semana passado, não vi, mas parece que ele conseguiu se equilibrar rapidinho. Beatriz passa as tardes depois da aula rabiscando listas de bandas preferidas e juntando recortes de vestidos de gala, a formatura que só acontece no outro ano.

Já Letícia passa as noites no cômodo ao lado fazendo contas, encurtando gastos, nem pensa na festa, checa se o dinheiro vai dar para o mês, orando para que ninguém adoeça ou quebre um dente e que Vicente cresça mas não tanto, o último par de tênis tem que durar até o décimo terceiro.

Rosilda tira o bolo de roupas com a etiqueta "Letícia-Clarice" do armário e o coloca na mesinha ao lado do sofá. Então estavam ali todas as peças que sumiram, só lembrava de ter deixado duas saias.

– Acho que vou ter que ajustar tudo de novo. – Diz a costureira, abrindo as peças e passando os olhos dela para a manequim.

Com elástico na cintura, duas saias ainda deviam servir. No tafetá vai ter que mexer, o fecho é de zíper. Um dos vestidos é de malha e com um cinto talvez se resolva, mas veste para ver se não vai ficar feio, o outro...

– Ah, tem uma peça perdida aqui.

Uma calça passava batido entre os saiados. De linho, preta, reta, séria, social, quase sem corte. Era de Rodrigo. Arrematou o rapaz, agora homem, fios grisalhos, ainda na escola, quando acreditava que depois de bem-feito o acabamento uma costura não mais soltava.

– É do seu marido. Você trouxe pra fazer barra.

– Ex-marido, Rose.

Doeu pronunciar. Ex. Ex de expectativas traiçoeiras, exímio pai, excreto marido, exilados do mundo um do outro, excluídos da vida a dois, exausta de fazer dar certo. De guardar os fios puxados para dentro, fazendo com que por fora parecessem inteiros enquanto no avesso era só embaraço.

Rose olha surpresa. Essa era a pior parte do ex, a explicação. Não estava dando certo, Rose. Nem sei como começou, se é que alguém sabe como começa o fim, quando a gente olha ele já está ali iminente, não há mais conserto mas a gente tenta, cede aqui, passa um pano ali, estica acolá.

Desalinharam de vez, mesmo lavando a relação sempre à mão, secando à sombra, tomando cuidado com as partes frágeis e tentando manter tudo em ordem, amaciando, alisando, desenrugando os franzidos.

Puíram, sem mais nem menos, e não há conserto que resolva desgaste.

– O dia a dia corrói a melhor trama, querida. Mesmo quando a gente ainda se esforça para que durem.

– Ai, Rose, é triste, mas tá passando.

– Isso, agora prova essas roupas aqui que elas dão pra ajeitar... Que calcinha diferente é essa que você tá usando?

– Não marca nada, você viu? Comprei algumas dessas. É sem costura.

DÊ POUCA ÁGUA
AOS CACTOS

Toca o interfone na cozinha e sei que é Geraldo me dizendo que você chegou. Ele deve ter se assustado quando te viu. Podia ter avisado que você viria, afinal é a primeira vez que você aparece desde que foi embora e disse que não voltava mais.

Pensei em te ligar inúmeras vezes, forçar sua vinda pra cá, dizer que havia perdido a chave, sei que você tem a sua, por isso é tão mais estranho o porteiro ligar aqui dizer que você está subindo, não temos mais intimidade para chegar sem bater na porta.

A porta que era sua também, você que escolheu o tapete da entrada, breguíssimo, eu só aceitei para não te contrariar, quem coloca dois golfinhos um mar e um arco-íris para receber pessoas, vai dar na cara demais, eu dizia, e você falava: que os vizinhos saibam logo.

Eu troquei o tapete, você vai perceber quando o elevador chegar no décimo segundo andar. Algumas coisas se modificaram no 121 desde que você mudou de endereço. Você não quis o apartamento, disse que tinha coisa nossa demais aqui e que precisava de um canto só seu. Eu achei que era frescura, as paredes não têm tanta memória assim, os móveis da sala eu já carregava há tanto tempo, não imaginei que iriam me lembrar você.

Vendi o sofá cinza meses depois. O novo machuca minhas costas, mas a almofada do antigo tinha o formato da sua bunda, bem no canto direito do assento, onde você ficava tocando violão por horas. Comecei a sentar ali com as pernas esticadas, tampar sua cedência, o sofá de dois lugares agora é só para um, por que me contentar só com o lado esquerdo.

Fiz isso com a cama também, durmo de braços e pernas abertos, viro a noite inteira, foi gostoso nos primeiros dias, espreguiçar todo o corpo, mas depois de umas noites pareceu que eu só me esticava para ocupar o espaço que você deixou.

Você já deve estar no sexto andar agora, sobe sem companhia, nunca tem ninguém para dividir os elevadores, deve estar se olhando no espelho, arrumando a barba, mordiscando o lábio inferior de nervoso. Não tem como se preparar para essa situação, por isso eu não disse nada para o Geraldo.

Se tiver companhia você vai falar do tempo nublado lá fora, não sabe lidar com o silêncio, perguntar se moram ali há tempos, nunca os viu, esse prédio vive vazio. Vai olhar para a mão deles se forem adultos, olhar para as mãos esquerdas, procurar a aliança, a marca de sol na pele que um dia teve uma aliança ali. Que raiva eu tenho dos que podem se casar, Leandro, você me diria ao vê-los deixar o elevador.

Vai doer um pouco quando cruzar a porta aqui. As paredes permanecem amarelas, o carpete da sala quadriculado, mudei só o que gritava seu nome, como o sofá. Me dão aflição finais abruptos, acho melhor ir me acostumando. Lembro da minha mãe picotando meu pai das fotos, jogando os pedaços no lixo, como recortes de revista que não têm mais uso. Me perguntava o que ele teria feito para merecer tesouradas. Ele saiu mutilado daquelas fotos onde fazia parte de um abraço, acho que minha mãe quis deixar materializado em todas as esferas que aquele corpo agora inexistia em torno do seu.

Eu não entendia por que as pessoas partem, talvez tivesse lidado melhor com a separação deles se entendesse, teria visto meus pais como a gente, adultos com os mesmos sonhos infantis encobertos de conformismos, com problemas múltiplos, mas obrigados a escondê-los dos filhos para evitar contaminar o resto da família. A nossa não contaminou, não tivemos nem cachorro, só as plantas que eu matei.

Foi pelo sol que bate aqui de manhã que você escolheu esse apartamento. Olha, Leandro, aqui dá para plantar tempero, você me disse, tem até uma jardineira. Metade dos pratos estavam em caixas e as roupas dentro das malas e o nosso singelo pedaço de terra já tinha manjericão, tomilho, pimenta, arruda. Arruda para proteger, se quiser para chá a gente compra outra porque planta que guarda não se come.

Acho que foi a jardineira o marcador do começo do fim. Você viajava a trabalho e as salsinhas já sentiam mais falta de ti do que eu. Ficavam amareladas em três dias. E aí, em vez de gritar o que você queria de verdade, falava que eu não conseguia nem manter viva uma planta que cresce como mato.

A horta inteira sofreu quando você partiu. A cebolinha começou a nascer na diagonal, se entortava em busca do sol, o boldo murchou e até o alecrim desistiu. Até ele, que tinha tronco talo raízes fundas, eu vi quando arranquei, não aguentei olhar ele ali secando.

E eu regava todos os dias. Será que foi isso então, afoguei as plantas, excesso de água, elas choravam comigo.

Depois mudei a estratégia, comecei a alternar as regadas, afofava ali com rastelo e garfo, fui à feira, falei com o moço com quem você comprava mudas, coloquei nitrogênio, ferro, comprei esterco vivo, comecei uma composteira na cozinha, precisava provar que eu conseguia fazer algo existir sem você.

Cheguei a trocar a terra toda, até entender que não fazia mais sentido, não adiantava mexer no solo, que semente germinaria ali? Agora nós viramos só adubo para as próximas. Nós, é estranho falar assim, em conjunto. Agora é você, eu, meu, seu, acabou o nosso. Só sobraram os livros. Você foi embora com as roupas e sapatos, algumas xícaras, os produtos de cabelo, queria deixar todo o peso para trás.

A biblioteca foi feita a dois, mistura das nossas adolescências até a queda dos primeiros fios, tem de Agatha Christie a Charles Dickens. Nunca soube como separá-los; Carolina você conheceu na faculdade mas fui eu quem mais leu, Manoel eu comprei, te recitava quando você tinha dias ruins, Fante era um gênio mas o Bandini era tão racista, acho que você dispensaria o quarteto. Uns têm dedicatórias, outros marcas, alguns você grifou, que raiva eu tinha disso, dobrou a página riscou embaixo da linha, era para sinalizar as melhores partes, saber para onde voltar os olhos quando sentisse vontade de visitar algo bom, te dei post-its mas você manchava as páginas de qualquer forma, lia comendo derrubava suco na mochila com exemplar dentro. *As meninas* ainda cheira a laranja.

Agora já passou tempo suficiente, você chega em alguns segundos, as páginas já estão viradas. Você vai rir do baguá que eu coloquei na porta e comentar como estão bonitos os cactos na jardineira, vou te passar um café e entregar correspondências antigas, e aí olharemos os livros, quem sabe trocamos volumes, relemos algo juntos, vamos conseguir olhar para tudo como narrativas, fomos só mais uma história.

LISTA DE COMPRAS

Algumas frutas secam e outras apodrecem

Nossa antiga Brasília rodopiou na estrada quando eu tinha sete anos. Papai ficou manco, meu irmão quebrou o braço, e eu, banco de trás sem cinto, seis pontos no supercílio, nunca deixei de acelerar no sinal amarelo. Hoje, empurrando o carrinho no supermercado, fico sem ar a cada curva entre corredores, tremo as mãos ao guiá-lo, sinto o corpo todo gelar a cada grito de Mãe!

É a primeira vez sobre este chão acinzentado e polido para as rodinhas deslizarem melhor, desde o incidente. Desde que Danilo não me ouviu e ainda disse que eu falei nada, como é que pode, Você acha que eu sou surdo, teria escutado que era para olhar a criança, Renata.

Agora entendo por que Rafael quis sair do apartamento e Lucília detesta o Guarujá, só que aqui não tem jeito, o outro mercado fica muito longe e sou eu a encarregada das compras, se Danilo fizesse no meu lugar se extinguiria o papel folha dupla no banheiro e só o shoyo continuaria sendo *light*. Mas devia fazer ele vir, é ele o responsável por eu estar inalando em dois tempos e expirando em quatro.

O homem de chapéu panamá, Senhor, por favor, um garotinho passou por aqui sozinho?, também está comprando hoje. Será que me olha com pena enquanto passo, com raiva da mãe desnaturada que abandonou o filho entre as gôndolas da feira enquanto pesava laranjas. Isso é culpa do Danilo também, se tivéssemos comprado a casa com quintal ou pelo menos jardim, um corredor lateral, teríamos um canteiro com árvore e fruta o ano todo, mas ele quis morar no centro.

Dias atrás peguei uma laranja murcha na fruteira, inteira por fora e passada por dentro, seca que só, quase sem suco. Morreu de deterioração, sem ação externa. Quase todas morrem do bolor, do fungo que acha ambiente propício para viver e contamina uma duas três laranjas as bananas e abobrinhas, o que estiver ao lado. Essa não, por que será, resistiu às toxinas e desidratou sozinha. Eu assisti ela morrer. Deixei secar até o ponto que achei que ela aguentaria e a abri. Havia tanto bagaço.

Há tanta gente no mercado. Naquele dia acho que era a mesma coisa, já havia perguntado a seis ou sete pessoas, De roupa vermelha? Desse tamanho?, quando Danilo chegou ao balcão de informações e questionou o mercado todo de uma vez pelo alto-falante. Neste instante as caixinhas de som anunciam sabão de coco, três por dois no setor de Roupas, e degustação de suco de uva integral no de Matinais, naquele dia era que uma criança de quatro anos e roupa do Mickey estava sumida por qualquer um destes e dos muitos outros corredores.

Chuto umas cem pessoas ao todo, metade não ligaria se gritassem algo como aquilo de novo pelas caixinhas, estão com o olhar longe, além da etiqueta do preço da lata de milho ou de molho de tomate, ninguém presta atenção direito no que compra, imagina no que anuncia a voz fora da cabeça.

A outra metade ouviria e procuraria o pequeno e sofreria com a mãe e a julgaria logo em seguida. Logo que ela virasse as costas. Deve ter sido assim comigo. Não lembro das expressões que me deram enquanto corria por entre expositores e cestas e carrinhos e gritava Filho!, e o pensamento disparava junto, imaginando que Maurício viraria rosto em verso de recibo rodoviário, uma das oito crianças por hora que somem e para sempre desapareçam, e que eu teria de passar a vida com o coração a acelerar toda vez que visse uma tigelinha castanha, para só depois lembrar que já teriam passado vinte anos e ele poderia nem mais ter cabelo direito, ter pintado, estar em outro Estado.

Quanto tempo será que ele levaria para se acostumar à vida sem mim? Por quanto tempo ainda se lembraria do meu rosto, levantaria o braço para alcançar a minha mão, procuraria meu colo no choro, minha voz e meu cheiro ainda seriam seu calmante? Tão pequeno e frágil, menor que a árvore de Natal, nem pisou em um parque de diversão porque a ida só vale a pena para andarmos na montanha-russa. Faltam 31 centímetros.

Será que ele gritou Mãe! enquanto eu gritava Filho! lá longe e eu não ouvi, será que ali ele teria começado a me esquecer, ao me chamar e eu não atender?

O corredor de Utensílios exibe umas facas bem caras, podia ter pedido alguma dessas no enxoval de casamento, as de casa mal cortam cebola. Dupla camada de aço, braço de madeira com resina que encaixa perfeitamente em qualquer pessoa, a embalagem diz que raramente terá de afiá-la. Se eu me matasse aqui, será que colocariam a faca na conta para o Danilo pagar?

Agora, lendo as informações, penso que se o desespero fosse real eu poderia ter colocado a arma na palma e em um golpe só na jugular resolvido o futuro de sofrimento. No peito seria poético, mas ali há costelas e outros órgãos e o movimento teria que ser certeiro para impedir o salvamento.

Uma mocinha loira cruza meu caminho indo para Massas e Molhos, tem uns oito anos, se localiza sozinha, carrega um pacotinho de aveia. Maurício não come aveia, nunca fiz mingau, ele gosta de farinha láctea, cheia de açúcar, faz mal, mas sou mãe ruim mesmo, coloque isto na lista, antes de – Perder o filho no mercado.

Danilo mal ajuda na dieta, na criação palpita e não decide, nas compras fala nada, tinha poucas funções aquele dia, pegar cerveja e carne para o final de semana e olhar o Maurício, custava fazer direito, querido, vou ali pesar rapidinho, olha nosso filho. Mas se Danilo não perdesse o Maurício perderia a hora a chave o ticket do estacionamento. O pagamento da escolinha que só dá desconto até dia cinco.

Em Limpeza os alvejantes prometem tirar todas as manchas. Quase encenam um comercial na minha frente, roupas estendidas sob um céu azul, brancas como sulfite, balançando em um varal comprido que eu não tenho. Tenho medo das lavagens fortes, corrosivas, que clareiam bem, mas podem rasgar o tecido, tirar o brilho do piso. Nunca sei se é melhor correr o risco de estragar ou de me acostumar com um pouquinho de sujeira. Ou jogar tudo fora. Os sacos de lixo estão tão perto da água sanitária.

Viro à esquerda para o hortifrúti, é inevitável, já comprei todo o resto, e chego finalmente nas verduras, tão sensível quanto elas. Vejo a banca da laranja no meio do salão, as unidades empilhadas como uma pirâmide de vitamina C. Com Maurício seguro em casa as frutas são só frutas e o mercado volta aos poucos a ser local de compra.

Estaciono o carrinho sem acidentes ao lado de Gizé. A Bahia está barata, gosto muito da Pera, por isso compro tanto, mas hoje vou pegar a Lima, mais doce e suave, menos ácida, boa para a digestão. Três quilos dá para a semana, fazer um suco, chupar e colocar na salada. A medida certa para os fungos não fazerem a festa, estará tudo equilibrado, sem toxina, sem excesso, ninguém vai desidratar, nada vai ser jogado fora.

BEIRA

Marina deveria ter passado protetor nas costas, mas o sol do inverno a enganou mais uma vez. Era sempre assim, olhava para o céu antes de pegar a garrafa de água três mexericas e uma cadeira, esteira a Taís levava, cabiam duas, e pensava, é, tá nublado. E aí quando já passavam o córrego e chegavam no morro e era findada a praia, mas só metade da caminhada, ele aparecia.

Saía de trás das nuvens para jogar raios nos ombros desnudos de pano e de creme. Se fosse na frente faria marquinha, traria vermelho ao colo e inveja aos que não têm tia de amiga com casa no Guarujá, mas nas costas só faria arder quando fosse dormir deitada de barriga para cima, de lado só quando dividia a cama, e isso já fazia tempo.

O cobertor dividiu essa noite. Juntaram os beliches porque fazia frio demais. Taís esqueceu o dela e a casa da tia Lucília era mais edificação do que lar. Só tinha gente nas férias e nos feriados, nos outros dias se bastava dos móveis, panelas velhas sem teflon e colchões puídos. Ao chegar abriam as janelas, oxigenavam os cômodos quase roxos, jogavam as malas em qualquer canto, tiravam dali de dentro o biquíni e logo pegavam a rua lateral de terra que levava ao mar em dez minutos.

Não chove em julho, mas o sol fraco intimida os turistas, deixando o calçadão de areia àqueles que só precisam colocar os pés ali para sentirem-se mais relaxados. Depois, na água, para sentirem-se mais sãos. Depois dos pés, a cabeça para trazer clareza, a água gelada apaga as ideias mais que qualquer outra coisa: maconha, reza ou meditação.

Taís estava nessas de meditar, comprou um livro indiano budista ou algo do tipo de um hippie que cruzaram na estrada, e se convenceu de que a respiração salva mais que qualquer chá. Quando chegavam cedinho ali na ponta do continente abria a esteira, cruzava as pernas e inspirava, expirava, inspirava, expirava. Marina olhava para a frente, para a imensidão, para alguns barqueiros que saíam das ondas e para outros poucos surfistas que nelas entravam. Parecia que o mar era dos homens, mesmo sua rainha sendo uma mulher.

Uns estendiam as redes, jogavam as tramas na água, elas se abriam como se soubessem o que deveria ser feito, pegavam tudo que passasse, peixe lula garrafa pet, até sereia, como se tudo lhes fosse de direito. Os outros desafiavam as ondas, enfrentavam paredões de água com pedaços de isopor e resina, cruzavam de um canto a outro rasgando os tubos furiosos ao meio.

E há os mergulhadores, os pescadores de arpão, petrolíferos, piratas, as grandes navegações. Homens e mais homens inventando máquinas e criando mapas para dominar o mundo, conhecido ou desconhecido. Parecia que a terra também era deles, e também a areia onde ali ficavam.

Os olhos deles nos biquínis, nas cangas, depois nos olhos delas, para mostrar que haviam vasculhado tudo, varrido seus corpos de cabo a rabo, e de alguma forma eles não eram mais seus, eram deles. E aí quando alguém olhava demais e falava também e as seguia pela praia, elas saíam correndo de volta pra casa, trancavam as portas, colocavam as madeiras atrás das janelas, espiavam pelas frestas das cortinas se o incômodo havia partido.

Bom que não era sempre assim, menos mau, aconteceu poucas vezes, e agora era julho e a praia estava só com esses homens realmentes preocupados em domar o mar. Os hotéis na beira da praia com outros homens preocupados em esvaziar o bar, hotéis onde os garçons nunca pediam RG, desde os catorze fingindo que tinham dezoito, desde os catorze fingindo ser hóspede nos finais de tarde começos de noite, fingindo ter outro nome, ter outra vida enquanto eles pagavam martini, curaçao, St. Remy, depois uísque, conhaque, cachaça de pequi. Pagavam achando ter preço a companhia, pagavam e depois pegavam, cobravam a fingida cortesia.

Taís continuava a meditar e Marina já tinha mergulhado a cabeça e voltado, será que é assim na meditação, aprender a mergulhar a cabeça sem se afogar. Marina ensaiava para mergulhar, nela mesma e na água, mas para isso é preciso coragem de enfrentar o gelado e a dela não surgia tão cedo, feito bom-dia.

Com a caminhada sim, o corpo suado, as coxas respingadas da areia molhada, a pele quente pedindo refresco. Mergulhava na volta do morro, para dar tempo do corpo secar até que chegassem ao ponto de partida. Entrava devagar, como quem pede licença, o corpo tenso de frio e de medo, os pés atentos aos buracos e as mãos cavando espaço na água.

– Marina, que é aquilo?

A poucos metros delas, um objeto escuro e quadrado rolava à mercê das ondas. Taís alcançou a coisa primeiro, chegou mais perto da criatura advinda do mar porque só molhava as canelas. Marina já tinha metade do corpo coberto.

– Olha só. É uma mala. Ou o que sobrou dela.

Taís ergueu-a pela curta alça pregada na estrutura. Uma maleta de couro antiga, a madeira conservada, resistindo à deterioração, os parafusos enferrujados e o tecido quase perfeito. Feita na época em que as máquinas e coisas eram feitas para durar. A amiga mergulhou-a de volta no mar, limpou os grãos de areia, retirou as plantas que se enroscavam nas beiras.

– Mas só tem um lado? – perguntou Marina, a água agora nos tornozelos.

A mala era metade, faltava uma parte. Caminharam carregando o objeto, prestando atenção a tudo que era preto na praia, os reflexos escuros dentro da água, ao que o mar revolto trouxera à superfície durante a noite.

Andaram até onde a água ainda marcava a areia, embaixo das árvores, perto da mata costeira, conversaram com uns pescadores que ainda descarregavam os barcos, ninguém viu, fez que não ouviu, pouco importa, sempre aparece coisa assim. Um surfista agradeceu à Iemanjá por tê-lo protegido da mala, imagina ela vem em uma onda e parte-lhe a testa.

Voltaram à canga levando a mala feito bagagem. A quem será que ela pertencia? Veio de um naufrágio, caiu de um bote, de um corpo e seus pertences atirados em uma desova? Preta, lisa, oitavada, de homem de negócios ou viúva jovem, viajando para recomeçar.

Tão pequena, mala de mão. Levava poucas roupas, joias, livros. Talheres de prata, pentes de ossos, dólares e euros, um revólver. O dono perdido e o conteúdo espalhado. As páginas dos cadernos soltas, pérolas dos colares sendo devolvidas, sedas envolvendo os moluscos. Ondas carregando poesia, palavras alinhadas para fazerem sentido transformadas em alimento de crustáceo.

– Tô ficando com fome. – falou Marina, as cascas das mexericas em pilha, o sol queimando o topo da cabeça, a cabeça queimando de imaginar antigos donos e viagens feitas por aquela mala.

– Vamos voltar. E o que a gente faz com ela?
– Não sei. Quer levar?

Sem saber o que fazer com a maleta, a levaram. Dois dias depois secaram as louças, varreram a casa, dobraram a rede e trancaram tudo, deixaram a maleta no quarto, sobre uma das beliches de cima, que ninguém usou.

Três meses passados, quando a primavera já grita nos pássaros, colore as árvores e desnubla o céu, tia Lucília chega à casa. Estaciona o carro, pega os folhetos debaixo da porta, abre os armários e gavetas, vai ao quarto afastar as janelas pelos trilhos e deixar a claridade invadir o quarto. Quase cai pra trás.

Sobre a cama mais alta, a luz ilumina todo um passado que parecia enterrado, inunda a casa o peito a cabeça feito tsunami. Toda estilhaçada, a madeira podre, as costuras tentando segurar o que inexistia.

Lembra daquela parte dela que partiu no mar prometendo voltar e nunca mais reapareceu, nem como carta, chamada, notícia trágica no jornal.

Lucília olha o objeto, incrédula, quase afoga, quem achou graça pregar essa peça, que fantasma passou por aqui e deixou vestígio, resto, lixo. Pega o objeto, nem pensa em canga, vai de calça, e caminha com ele até as pedras mais altas no canto da praia, o canto perigoso, arredio, onde nenhuma prancha ou barco, nenhum homem ousava chegar, caminha até a beira do continente, quase à beira de si.

Arremessa sua bagagem para frente, com força, para o fundo, onde alguma família de peixes-palhaços consiga fazer ninho, onde ela não possa ser pescada, por arpões ou redes de pesca de cinquenta metros, algas possam abraçá-la e ancorá-la, ressignificá-la, nunca mais trazer essa história desse jeito à superfície. Nunca mais metade.

TRAVA DE FOGÃO

Solteiro aos 68

Chego à casa de seu Antônio, a nova casa só de seu Antônio, térrea com cerca viva no muro, o 13 na parede da garagem. Encontro o portão destrancado, parece que com o passar dos anos não precisamos sentir mais tanta segurança. O senhor não tem medo de ladrão? digo em vez de Oi ao empurrar a porta entreaberta. Tenho medo de que a resposta seja Já me tomaram tudo que tem valor, mas ele só diz:

– Oi, querida! Obrigada por ter vindo.

Jogo a bolsa no sofá preto, sóbrio, sem almofadas, como o resto da casa sem quadros ou imagens penduradas nas paredes, na sala só o rack com a televisão de tela plana em cima, presente de Ricardo, e alguns porta-retratos com pessoas que não consigo distinguir por causa de uma miopia que resisto em aceitar.

Ricardo me pediu para vir aqui. Retruquei que para questões de intimidade assim é melhor contar com o filho do que com a nora, mas ele disse que talvez eu saiba lidar melhor com seu pai, eu que perdi a mãe tão cedo, ele que perdeu a mulher antes do que esperava, nós dois unidos pelo desamparo, órfãos das mulheres que mais amamos. E, além disso, Ricardo mal consegue lidar consigo mesmo.

Aqui, Antônio indica a cozinha, o piso branco um pouco marcado de água óleo e pés. Quando eu for velha, passarei o dia inteiro varrendo a casa, a garagem e a calçada para poder andar descalça, odeio o pó que gruda na sola.

Fecho as janelas em vendavais e coloquei um armário ao lado da porta da entrada, evitar marcar o taco da sala, só que ninguém tira o sapato, até eu parei, a sujeira da rua entra de todo jeito, pelas frestas da porta, lombadas dos jornais, cotovelos e joelhos curvas do intestino e sucos do estômago.

Antônio não anda descalço, pés idosos pegam mais frio, pegam pneumonia, pés esponja de temperatura. Terei que usar meias sobre os chinelos, como ele, que me indica o fogão de inox novo, os pés ainda com as proteções de isopor.

O forno não liga. Já olhei o gás e tá tudo certo, já tentei com fósforo também, estou quase devolvendo. Seguro o botão e giro para a esquerda, pressiono o da eletricidade, o barulho do choque se faz presente, está funcionando, o fogo continua a não ligar, seguro o botão por mais alguns segundos, pressiono o da eletricidade de novo, chama.

Ah, o que você fez? É a trava de segurança. De criança. Tem que segurar por um tempinho para acender. Ele me olha, sem graça, e eu disfarço para não parecer abismada, quem não consegue acender um fogo, Antônio saiu do paleolítico e brotou na minha frente, de tanga sem tocha, o chapéu desde sempre na cabeça, meu sogro nunca deve ter cozinhado nada na vida, somente um ovo ou macarrão instantâneo, nunca um assado, torta de palmito.

O senhor quer fazer o quê? Esquentar a costela e as batatas, marmita do almoço do último domingo, meu cunhado, ele só sabe fazer costelas. Luiza dizia que se aquecer no forno elas voltam a ficar crocantes, adoro batata dourada, você sabe. As batatas douradas são minha praia. Ouvir ele falar de Luiza, falar "Luiza", não tanto quanto imaginava.

Ele pega a assadeira e espera, seu Antônio, espera aquecer um pouco antes de colocar, tá?, para não queimar por fora e ficar fria por dentro. Dá dez minutinhos. Ele caminha para a geladeira, cheia de comida industrializada, vejo quando abre a porta, vejo enquanto ele ainda está de costas uma panela pequena, suada, ainda quente, na primeira boca do fogão.

Levanto a tampa e arroz empapado, aguado, desligado antes do tempo. Deve ter feito isso depois de ter queimado tudo da última vez, porque deixou o fogo alto demais e a água secou, não observou os furinhos se formarem, não puxou com a colher os grãos do fundo para ver se estava na hora de desligar e deixar o arroz crescer sozinho, tampado.

Ponho a tampa de volta e não digo nada, há coisas muito piores que um arroz empapado, colesterol alto, um dedo amputado, que duvidem de sua capacidade, lhe tirem a sanidade. Prometi nunca deixar meus pais em asilos, olhando as paredes que os cercam o dia inteiro, o ponteiro do relógio correndo enquanto eles se sentam e assistem à vida acontecer lá fora das grades, obrigá-los a pedir autorização para dar um passo na rua e esperar que não endoideçam. Não deu tempo.

Antônio não vai para asilo, ninguém ousou sugerir, disseram que se revezariam para vir todos os dias já que ele recusou morar com qualquer um dos filhos. Alugou uma casa pequena, simples, com três quartos, o seu e o das crianças, pais e esse costume de manter o quarto dos filhos mesmo quando eles já possuem quarto, cozinha e sala. Os pais ainda esperam que eles voltem, que se separem, ou é só costume e apego depois de tantos anos, como continuar usando aliança mesmo quando viúvo.

Viúvo, essa palavra só existe para evitar constrangimentos, como você diz que está solteiro nesses casos, terminaram faz quanto tempo, não tava dando certo? Morreu.

Separações adultas são sempre mais dramáticas, ainda mais as forçadas.

– Antônio, preciso fazer xixi, onde fica o banheiro mesmo?

– Segunda à direita.

No lavabo, primeira à esquerda, não há assento na privada. Deve ser por isso que ele indicou o segundo cômodo à direita, a suíte, entro e invado de novo seu universo, roupa de cama deveria chamar roupa íntima. Lençol revirado, embolado com o edredom, a toalha molhada jogada por cima do pijama.

No banheiro, a escova de dentes se esparrama pela pia, ao lado da pasta, do sabonete para lavar as mãos. Um tapetinho, em frente à privada, está no meio caminho entre a pia e o chuveiro, meio caminho molhado do banho, meio caminho de pelos grisalhos da barba. O barbeador a pilha está na primeira gaveta, junto dos cotonetes e do pente fino. As outras gavetas vazias.

A casa dele e de minha sogra tinha as gavetas sempre cheias, sabonetes cheirosos, talco vencido, absorvente para netas e noras, óleo de corpo, band-aid, agulha, algodão.

Minha sogra pagou a cremação parcelada, nunca avisou ninguém, 48 vezes para não sentir no orçamento, não queria deixar dívida, deixar que escolhessem seu corpo apodrecendo debaixo da terra, será que ela já sabia que iria cedo, que iria antes, quatro anos se preparando para a partida.

Achei que mulheres morriam dormindo, morriam de velhice, de esquecimento. Fossem achadas depois de três dias, o corpo mais frio que a solidão, o gato miando por comida.

Mulheres são capazes de sobreviverem sozinhas, são treinadas para isso a vida toda, talvez por isso os homens quase sempre morrem antes, morrem antes que percam a dependência.

Se minha sogra sabia há tanto tempo, por que não ensinou Antônio a cozinhar, a deixar os panos de molho no tanque, os muito sujos em água quente, a manter o sofá de couro longe da janela sem cortinas para que o sol não manche o estofado? Se deu tempo de escrever a carta daria tempo de fazer tantas outras coisas.

Um abraço a mais nos netos, uma última missa, um pedido de socorro, ensinar que no lixo do banheiro sempre coloca-se um saquinho. Dou a descarga e não me olharia no espelho, arrumar o cabelo, mesmo que houvesse um pendurado, Antônio vai ter de pegar na mão meu mijo, o que é ajudar a ligar um forno – que já cheira a gás – perto disso.

PONTO FALSO

Vai doer? Só um pouquinho. Você não me disse que é para falar sempre a verdade? Vai doer, Gabriel. Ah não. Mas vai passar rápido, se você não fizer, vai ser pior depois. Acredite em mim. Pior do que não comer rúcula? Muito pior. Segura bem o pano aí na testa. Tá apertando firme? Deixa eu ver.

O corte havia estancado. Parecia muito menos pior do que quando se abriu e sujou de sangue o piso do quintal, a bola de plástico, a toalha de mesa da festa, justo a dos docinhos. Foram correndo à vizinha quando o menino caiu, preferiu jogar-se ao chão do que ser queimado na partida. Foi eliminado de qualquer forma.

Supercílio é complicado, Joaquim, mas eu vou dar uma olhada. Sueli foi enfermeira há muito tempo, hoje pendurou o jaleco, cansou de costurar pele e tecido, pinta panos de prato, mas ainda olha algum machucado, vê se há pus nas feridas, indica banho de assento para coceiras estranhas se algum amigo toca a campainha.

Eles entraram no jardim com Joaquim guiando, o menino não via nada, Joaquim apertando o pano em volta da cabeça dele. Aí a luz é boa, ela disse, nesse banquinho em frente à casa, e entrou para dentro dela, lavou as mãos, sabonete de lavanda, depois álcool setenta, deu para sentir o cheiro dos dois. Voltou com a caixinha de primeiros socorros.

Primeiros socorros grande vermelho na caixa branca, deu para ver debaixo do pano. Gabriel se mexeu no banco, mexeu o quadril mais pra ponta, mais pra esquerda, pra longe, socorro era palavra séria. Primeiro mais ainda.

Fica quietinho, Gabriel, tenho que ver a profundidade. Vai arder, tá, querido. É Merthiolate. Aaaai, ele gritou mais do que precisava. Dizem que o filho mais velho começa a chamar atenção quando nasce o caçula, o do meio, o quinto raspa de tacho, só que aqui Gabriel era o aparecido. Era dia de festa, festa da irmã, e ele mais um mero convidado na comemoração dos quinze anos. No máximo, ganhava o primeiro pedaço de bolo, mas sabia que a irmã não gostava mais tanto dele assim.

Para uma festa grande, Joaquim não tinha dinheiro, festa no clube, quinze debutantes e DJ, drinks com álcool e sem álcool, disse que dava pra fazer churrasco, churrasco serve? A gente enfeita o quintal, chama só a família e os amigos mais próximos, faz vaquinha, como se fosse domingo, é bom que joga umas coisas paradas fora, grava umas fitas, eu pego um desconto no açougue e asso a carne.

– Vai precisar de ponto. – disse Sueli colocando o pano de volta à cabeça do menino.

– Você não pode dar?

– Melhor, não, Joaquim, se fosse joelho, canela, mas na cara? Não ando com a mão boa.

Sueli mostrou a palma que tremia de frio enquanto fazia tanto calor. Joaquim pingava de suor do dia e da churrasqueira, da tensão de ter que levar o menino ao hospital. O dinheiro todo no bolo de três quilos, linguiça toscana, congelado no Plano Collor.

– A gente não tem plano de saúde.

Sueli continuava com a mão tremelicando, manchada do Merthiolate, da sobrancelha do menino que vazava.

Joaquim era cheio das cicatrizes, se pudesse ter recebido sutura seria menos doloroso olhar pro espelho, uma olhada para fechar os botões da camisa e todo aquele passado brotando ali emoldurado. Uma ducha para relaxar do dia e aqueles outros dias refletidos em cima da pia.

Ele agradeceu e seguiu com o menino de volta para casa, tá doendo? Tá. A mãe não pode dar beijo que sara? Hoje não dá filho. Helena já havia limpado o quintal, esfregado com vassoura para não grudar vermelho no rejunte do piso, já havia trocado a toalha da mesa em que Gabriel tinha limpado a testa, quase estragado a festa.

Fica aqui na frente que eu já volto, se quiser entra no carro para ser mais rápido, para nenhum convidado te ver e lembrar da cena, ir embora antes do parabéns. Joaquim entrou pela porta da frente e pegou as chaves do carro, a certidão de nascimento, quatrocentos cruzeiros atrás do quadro do quarto de casal.

No hospital, fila. Tem plano? Não tenho. Dinheiro ou cheque? Dinheiro. Quanto fica? Depende. Depende do quê? De tudo. Se tem exame, se tem procedimento, se vai agulha, gaze, medicamento. E a injeção na testa é de graça? Não entendi, senhor. Nada, só fiz uma piada.

– Senta ali na recepção que logo o plantonista te atende.

Logo é tão relativo. Logo saio do trabalho, cinco minutos. Logo acaba essa chuva, meia hora. Você sai logo, assim que contar para gente quem é o Madureira. Eu nunca ouvi falar desse cara. 34 dias.

34 descobriu quando os homens fardados jogaram ele na rua, acharam que tava morto, tanto faz se estivesse. 34 Helena contou desde que ele sumiu. Desde que saiu para comprar cigarro e na volta um rapaz falou: tem fogo? Tenho. Você não é o Joaquim, não, o marceneiro? Sou. A mão que devolvia o isqueiro torceu o punho, virou o corpo no

avesso, jogou-o na caçamba do furgão estacionado, como ele não viu o furgão parado ali.

De dentro do quartinho que entrou depois de ser jogado, dessa vez pra fora, não conseguia saber de nada. Que data era, onde ficava a casa, quantos cômodos havia pelos corredores, não conseguia distinguir as vozes que gritavam, quem mandava, só sabia quem batia, estapeava, quem guiava sem o mesmo cuidado que teve com Gabriel.

Não sabia se era dia, noite ou madrugada. Sem janela, a porta sempre trancada por fora, a luz sempre acesa como a do hospital agora. Se chovia dava, quando chovia aliviava, a atmosfera úmida, quase refresco o cheiro da terra molhada.

Onde você tava? Quem te levou? O que fizeram contigo? Calma, Helena, que assim você parece eles. Eu não sei. Queriam saber quem era o Madureira.

Qual o nome real dele? Chute no estômago. Fala caralho. Onde está ele? Chute de ponta de bota. Eu não sei nem quem ele é. Não sabe é. Queimadura nas costas. Vai falar ou não? Eu nunca ouvi falar desse cara.

– Pai, pai, pai, entrou uma abelha na minha garrafa.
– Onde você arranjou essa Coca?
– Ué, eu trouxe da festa.
– Deixa ela aí, é proteína.

Formiga também é proteína, comeu as que apareciam no quartinho, passavam por debaixo da porta, comida nunca passou por ali. Mais uns dias e você morria, Joaquim. Te davam água pelo menos? Muita água, a cabeça afundada na caixa d'água no quarto do lado. Cadê ele, filho da puta, a gente sabe que você empresta a oficina para fazerem reunião.

– Pai, o que você tem?
– Nada, filho...

– Pai, o que é preservativo?

Na parede em frente a eles, um cartaz, uma campanha, a campanha chega, menos o sistema de graça. AIDS: É PRECISO PREVENIR PORQUE NÃO HÁ COMO REMEDIAR. USE PRESERVATIVO.

– É aquilo na mão do homem da foto.

– E onde põe aquilo?

– ... Moça, moça, enfermeira, aqui, desculpa, vai demorar muito?

– Senhor, acho que sim, tenho um acidente de moto com algumas fraturas.

– É que é aniversário da minha outra filha... – Joaquim olhou para o relógio no pulso, pensou no irmão assumindo o controle e colocando o único pedaço de picanha antes de ele voltar, no parabéns, não dava para adiar o parabéns, olhou Gabriel calmo no banco, o pano ensanguentado, os outros homens que foram com ele lado a lado no camburão, nunca soube quem, sem comida mal pensava, mal reagia, não identificava ninguém nas fotografias que lhe estendiam.

– Deixa eu ver o menino... É supercílio? Tem raio X? Peraí, vou ver o que consigo.

A enfermeira sumiu pelos corredores, o coque na redinha, jaleco branco, calças brancas, uniforme que traz paz, uniforme preto esperava ver nunca mais. Voltou logo, o logo de verdade dos cinco minutos, dizendo que um residente podia atender, o caso parecia simples, não vamos te prender o dia inteiro aqui por um ponto.

Na salinha de consulta a maca, a pia, homens pela parede, o corpo dilacerado exposto como se fosse bonito. Tendões e músculos e as veias, você deve ter sangrado porque pegou a hipoderme, sabia que é uma das camadas da pele? Por isso jorrou tanto. Imagino mesmo que manchou todo mundo da partida, mas você conseguiu não ser queimado, né?

Doutor Residente Dois em cirurgia, olha a sorte, entretendo Gabriel até ele ver a anestesia, o tamanho da agulha, que Doutor enfiaria aquilo ali tão perto do olho. Socorro. Socorro. Primeiro, socorro. Joaquim segurando o menino de um lado, a enfermeira do outro, igual os fardados segurando naquela salinha, tão iluminada quanto, tão cheia de corredores do lado de fora, vizinhos sem nome, vizinhos sem fé, sem força, sofrendo como ele. Doutor, vai logo que quem vai desmaiar aqui sou eu.

– Gabriel, você quer que fique bonito ou que fique inteiro?
– Não pode ficar os dois?
– Se você parar de mexer.

Gabriel cerrou os olhos e os punhos, depois relaxou as mãos e colocou-as sobre os joelhos, o corpo tenso sobre a maca, o corpo tenso jogado no cimento. Dá uma respirada funda, isso, relaxa, pensa que tem bolo de aniversário voltando pra casa. Será que ainda vai ter brigadeiro?

– Prontinho, quatro pontos. Volta daqui uma semana para eu tirar. Cadê o prontuário de vocês?

Não tinha, a enfermeira saiu para procurar na recepção. Alguém fez? Não lembro. Entramos pela emergência. A emergência está um caos, o acidente de moto, fratura exposta, o passageiro e dois pedestres machucados, mães e filhos e curiosos.

– É convênio?
– É no particular.
– Ah, quer saber. Sai pela porta do fundos então. Finge que não esteve aqui.
– Sério, doutor?

Obrigado, nossa, obrigado, a crise, você sabe, quatrocentos cruzeiros valendo 350 amanhã. Só leva essa sacola com a injeção as gazes e o pano, o pano manchado, o sangue quase seco, as flores amarelas carmim, foi Sueli quem fez. Sueli podia tirar os quatro pontos em casa.

Saíram pela Saída, a saída do lixo, na rua de trás, vazia de gente, escondidos, sem registro ou vestígio, sem ninguém para testemunhar que passaram por ali, como se nada tivesse acontecido. Passagem em branco. Só a cicatriz para lembrar.

ACUMULADORA DE SOMBRAS

Alice pede desculpas a Maria Luiza pelo surto. Os de cabeça quente entendem que às vezes o fogo sobe, queima e depois apaga, deixa cinzas, deixa pouco vestígio. Os que se queimam com o fogaréu é que ficam com as marcas.

Maria Luiza tem só onze anos e pinta os olhos como se tivesse dezoito. Alice tem medo do côncavo preto da filha, tem medo de que os homens a confundam com as mais velhas, que mexam com ela no mercado ou até perto da escola, mexam com ela achando que já é mulher, se é que para isso existe idade certa.

Na última ida à perfumaria Alice comprou para a menina um batom, rosa-claro, um rímel sem ser à prova d'água e um lápis vagabundo, o mais barato, que deixa o preto na pálpebra fraco, a cor fazendo esforço para existir. Achava que era dom de Maria conseguir pintar o côncavo todo com aquela porcaria, que era proeza, talento para maquiadora.

Mas quando abriu a porta do quarto antes do tempo, antes do tempo que levava para lavar toda a louça e juntar as migalhas na mesa, bater a toalha e guardar os cereais no armário e o leite na geladeira, sete minutos, mais ou menos, Maria cronometrou por dias até ter certeza, quando Alice abriu a porta do quarto antes do tempo porque pensou ter ouvido o celular tocar pegou a menina debruçada na maleta.

O que você está fazendo aí?, perguntou tão alto que os vizinhos puderam ouvir através das paredes. Alice odiava briga, mantinha sempre o tom baixo. Maria Luiza eu não te autorizei a mexer nas minhas coisas, ela disse, tomando a maleta de perto da menina, puxou tão rápido que nem viu o fio do secador se enrolando ali e que a menina segurava o secador e que no tempo do fogo foi tudo para o chão. A filha, a escova de cabelo, as sombras, batons, pincéis, todos os pedaços do que foi sua mãe.

Uma ficou sentada no chão chorando, a outra saiu correndo chorando tanto quanto, o marido entrou pela porta não entendendo nada e dizendo que levava a filha na escola. Alice precisava de uns minutos. Está naqueles dias? ele perguntou e ela fingiu não ouvir.

Alice só abraçou a maleta como quem envolve um corpo. As alças sobre o peito feito braços, só assim, mãe, para estar perto de você. Se pôs nos joelhos e alcançou a paleta de sombras douradas e a pôs de volta ali, o rímel que alonga, o que curva, o que tinge de azul. Pegou o iluminador, o pó translúcido, o pó bronzeador, *blush* rosado, *blush* avermelhado, os pulsos, as coxas, as unhas, miolos e tiras de músculos, como fizeram os bombeiros no dia do acidente.

Quiseram chamar assim, acidente, escreveram acidente na manchete no jornal. Senhora de 62 anos cai de janela do oitavo andar. Estava bem-vestida, o cabelo com laquê, maquiagem impecável que estragou na queda, manchou de piche, marcou o asfalto. Deve ter se inclinado demais para regar as plantas e caiu, eles supuseram, estava prestes a sair, ir à feira, à padaria pegar pão quente da primeira fornada, o relógio no pulso quebrou quando bateu no chão, 06h02.

Por anos Alice acordou às 06h02, 06h01, 05h58, quatro minutos daria para detê-la? Ela deve ter hesitado. Por anos sonhou acordar às 03h00, três horas antes do amanhecer, sonhou ter feito as malas para voltar da colônia de férias mais cedo, tirado as crianças da cama adiantadas, muito antes do horário que disse para mãe que iniciaria a viagem para casa. Se tivesse chegado antes teria dado tempo, teria adiantado?

Ela quis pular, colocou os sapatos com antiderrapante para subir no parapeito, ainda que ninguém queira aceitar, o pai o irmão os jornalistas e amigos próximos. Foi acidente, sim, só você e o padre acham isso, já não basta a dor da família e a paróquia resolver não abençoar o velório. Ela vinha toda semana na missa, nem uma de sétimo dia quiseram rezar para ela.

Caixão fechado no crematório sem cruz, a foto jovem ao lado, preto e branca, nenhuma ruga, nenhuma cirurgia, nenhuma pista do que um dia aconteceria. Ao lado da foto mais beleza, coroas de gerânios e margaridas, girassóis iguais os que ela cultivava na varanda. Os amigos mandaram muitas, mandaram faixas, mandaram velas em candelabros, tortas e bolos, garrafas de vinho, fartura.

Para os dias seguintes não houve nada, só a dor sobrava, dor não precisa de dia de calendário, não coincide com datas premeditadas, com pobreza ou avareza. Datas premeditadas existem para prestar depoimento, para retirar as cinzas, para juntar as roupas e esvaziar o apartamento.

Três sacos de maquiagem Alice conseguiu encher com o que estava na penteadeira, gavetas do banheiro, necessaires de bolsas, caixas no armário e embaixo da cama. Pai, você nunca reparou? Que era excessivo? Que era um distúrbio? Pra quê tanto pó, tanto corretivo, o que ela queria esconder, não queria mostrar?

Não coube nas roupas da mãe, 38, nos sapatos, 35, de bico fino e salto alto, nas joias e pedrarias, estolas de animais. Não consertou o relógio quebrado, deixou parado para sempre no 06h02, bem cedo. É sempre cedo. Não existe cedo.

Pegou para si as maquiagens. Usou-as nos aniversários, passeios no parque, no batizado de Maria Luiza. Pegou agora há pouco a maleta com todas elas e separou as menos vencidas, as que vão nas bochechas e lábios das que vão nos olhos, no olho é perigoso. Pegou as boas e usáveis, coloríveis, e colocou na bolsa.

Alice leva as partes consigo até a saída da escola, as unhas pintadas descascando contra os dentes, descascando cada vez que uma das monitoras olha de dentro do pátio com cara de deboche, com cara de quem recebeu Maria chorando mais cedo e agora julga a mãe e o pouco caso, julga com memória curta, memória de quem esquece que relações próximas assim são cheias de faísca. Esquece que é melhor que pegue fogo, se há fogo há fato, há madeira, há alguém ali ainda.

A filha vê Alice na saída e recua, hesita, caminha até a mãe que chega com o abraço extintor de incêndio, a mãe que pede desculpas pelo surto, e a menina, o que fazer, aceita as desculpas. Aceita a maquiagem que a ela estende com um riso rasgando o rosto, aceita as recomendações: pouco de dia, peque pela falta, vermelho nos lábios só quando for mais velha. Batom escuro mancha a boca no beijo. Credo, mãe. Foi tudo de sua avó, Alice diz. Não desbotou com o tempo.

BONITA DE ROSTO

Xícara G

Getê, plié, grand plié. Contratempo. Dois dias por semana no jazz, horas e horas na meia-ponta, na pirueta, *spacath*, olha como eu tenho abertura zero, professora. Aproveita que elasticidade some com o tempo.

Todo final de ano tinha espetáculo, infantil juvenil adulto, o profissional, cada turma uma coreografia, cada coreografia uma música, uma personagem, era minha primeira vez.

"A Bela e a Fera" era o tema do ano. Nós faríamos as xícaras. Em outubro apareceu o Cláudio, loiro igual à Xuxa, topete igual ao Latino, trouxe fitas métricas alfinetes agulhas, não sei para quê, a professora disse que ele só tiraria as medidas.

Ordem alfabética, Ana, você, primeiro, a Aline faltou. Ana, ele anotou no papel, Cintura Busto Braço Quadril Costas Coxas, e enrolou a fita em volta de mim, medindo, como minha mãe media os móveis nas lojas e falava cabe esse sofá na sala, essa mesa é muito larga.

Eu não cabia em alguma coisa, pareceu, porque o Cláudio disse que eu era grandinha, hein? E me deu uma alfinetada no bumbum, não como quando a gente prova as roupas na avó sem estarem costuradas e pinica sem querer, ele fez de propósito, eu vi, porque ele riu. Que fileira ela tá? Segunda, e a professora me deu uma piscadinha. Essa menina vai ser a xícara de chá então, não de café.

47, 73, 15, os números no papel não me diziam nada, quanto eu devia medir em cada parte? Menos, pareceu, porque fiquei na mesa até o final e a folha se encheu de Beatriz Bianca Carolina Daisy Daniela Débora Eliana Fernanda Flávia Gabriela Gabrielle Iris Juliana Laís Marcela Mariana Mayara Natály Paula Rosane Sara Talita Viviana e muitos muitos outros números, todos menores, menos o da Aline, que faltou, e o da Daniela, que era bem maior. Mas a Daniela tinha dez anos e eu, sete.

Barriga chapada em uma semana!

Passou no programa da tarde, aquele sem plateia mas com convidados, a bancada para fazer comida, foi uma moça lá e disse que tomou um shake de limpeza do organismo. Se fosse hoje diriam *detox*, *shake detox*, e colocariam chá verde, hibisco, açafrão, *berries*, aceleram o metabolismo, mas nessa época, 1999, a TV de tubo disse que casca de abacaxi tinha mais nutriente que a polpa, quarenta calorias, e que emagrecia.

Devia ter mais coisa no suco, hortelã, canela, pepino, couve, alcachofra, mas só lembro do abacaxi. Enquanto vomitava no banheiro de casa pensava na casca, na coceira que deu na língua enquanto bebia o copo inteiro, os espinhozinhos, será que eles reviraram meu estômago?

No hospital a enfermeira colocou soro no meu braço e eu descobri que odiava agulha, mais do que as de costura, odiava agulha no braço tanto quanto ela alfinetando o bumbum, odiava agulha e maca e avental e jurei para mim mesma que nunca estudaria nada de saúde. O *bipe bipe* da máquina do moço na frente, o cheiro forte da velha do lado, ninguém sabendo explicar nada, calma que o médico já vem.

Quando o médico chegou com os exames disse intoxicação alimentar para minha mãe, faltei na escola uma semana, me entregaram um papel assinado por todos da sala, escrito melhoras, fique bem, volte logo.

Perdi três quilos. O shake prometia dois quilos no mesmo período de tempo. Andrea, professora de inglês, disse que viu a receita no programa também. Que pena que você ficou doente, mas, pensa pelo lado positivo, pelo menos emagreceu, né?

Espartilho improvisado

As mulheres de antigamente tinham aquelas cinturinhas por causa dos espartilhos, a professora de educação artística disse que ele deformava o corpo, apertava os órgãos, jogava os intestinos para o lado e o estômago para cima e o pulmão apertava, coitado, apertava tudo ali, só sobrava dentro dos laços a coluna e umas camadas de pele. Cintura como de CD. CD era caro, segundo meu pai, por isso eu gravava as músicas na fita cassete quando tocavam na rádio. Imagina ter cintura de CD?

Minha avó Maria disse que me faria uma cinta com um elástico grosso, dez centímetros, o mais largo do armarinho, e aí eu poderia usar feito espartilho, embaixo da roupa, ninguém perceberia.

Coloquei embaixo do uniforme e no pega-pega no intervalo o João me pegou e falou o que você tem aqui, que duro? E todo mundo me zuou, que eu era gorda de barriga dura. Gorda baleia saco de areia. Saco de areia é duro e pesado.

Comecei a usar a cinta espartilha à noite, embaixo do pijama, aí ninguém me pegava. De manhã acordava com uma marca vermelha na barriga, assada, aquilo não era bonito, minha avó ficou assustada.

Depois ela leu em algum outro lugar que dormir com saco de lixo em volta da barriga resolvia, aumentava a temperatura do corpo e fazia perder líquido. Era quente, acordava suando, mas pelo menos não machucava. Também não emagrecia.

Bolacha cream cracker

A Nathalia usava 38 e eu usava 40, mas cabia apertada nas calças dela, ela não usava as minhas. Sobrava pano, caía em volta do quadril, ficava feio, ela não gostava de cinto.

Na aula de biologia, o professor, Flávio ele chamava, o professor disse que a fase em que as meninas da sala estavam era a do corpo mais vistoso e exuberante. Depois dos quinze anos as mulheres começavam a engordar porque começavam a transar e a tomar anticoncepcional.

A Nathalia já namorava e quis usar 36 para quando engordasse, ficar no 38, ela apareceu com uma ideia que todo mundo topou, todo mundo que era 38, e eu, que já era 40, tive que topar também, ou ficaria muito longe, muito sozinha no reino dos "enta" e elas nos "inta".

Você almoça e depois não come mais nada. Nada. E aí quando estiver para desmaiar, come uma bolacha água e sal. O sal, ele restabelecerá a pressão, e a bolacha, bom, essa bolacha é tão levinha. Levíssima.

Em duas semanas elas viraram 36 e eu, eu descobri que tinha ovário policístico. Só tinha beijado o Gabriel que nem a mão na minha bunda tinha colocado direito. Comecei a tomar pílula. 42. Nas lojas de departamento as roupas terminavam no 44.

Gordelícia

Eu pedalava de bicicleta para a faculdade, a ciclovia cortava toda a cidade até o campus. As saias levantavam com o vento e as calças enroscavam na corrente, enchiam a barra de graxa, então comecei a usar roupas de ginástica o dia inteiro. À noite, nas festas, usava vestidos de malha, fresquinhos, na república as meninas revezavam os armários então ninguém repetia roupa.

Engordei seis quilos desde que cheguei, uma veterana me disse. Uma outra quatro, e a que mais ganhou, dez. A Kelly me disse para tomar cuidado porque eu ainda estava bem, mas era questão de cerveja e bandejão e semanas para ficar com umbigo de gordo. Não sabia que tinha umbigo de gordo e umbigo de magro. Uma outra caloura olhava toda essa conversa de canto, calada, ela já chegou gorda.

Quando chegou o inverno, quis colocar jeans em cima das meias-calças para não tomar friagem nas canelas, e eles não fechavam. De dia, então, eu seguia usando as roupas de ginástica e, nas festas, os vestidos e saias de malha fresquinhos, meias-calças embaixo para esquentar, casaco em cima. Melhor que ficar fazendo e desfazendo pence nas calças. Minha avó não aguentava mais.

Uma quinta-feira, o Renan, do último ano de Economia, chegou em mim. Ele já me olhava nas festas, você sabe, não é?, e eu fingi que sim. Sempre diziam que o Renan só beijava as mais bonitas então quando ele me olhava eu achava que olhava para alguém atrás de mim.

No fim da festa, encostada no poste perto do bar que cheirava a cerveja, *open bar*, as pessoas jogavam fora do copo se estivesse meio quente e pegavam outra. Encostada no poste o beijo já estava quente, muito mais que a cerveja, e ele me disse no ouvido: adoro gordelícia.

Gordelícia, será que diziam magrelícia ou altalícia para as outras meninas? Fui para casa com ele mesmo assim, tinha delícia no que ele tinha me dito então ele me queria, eu acho. Gorda, mas delícia. Delícia, apesar de gorda.

Na hora de tirar a roupa eu deixei a saia em volta da cintura, não quis correr o risco de ele ver meu recém-umbigo de gorda.

Noiva fit

Na entrevista de emprego, a moça do RH era cheinha como eu. Na TV, havia passado que gordos e negros e pessoas com espinhas sofrem mais preconceito em processos seletivos. Nessa empresa, ao que parecia, não. Havia três gordas maiores no meu setor, mas nessa época só se falava gorda. Eu, que ainda cabia nas roupas das lojas de departamento, que agora vendiam até 48, era gordinha. Gordinha, cheinha, gordelícia. Gordura socialmente aceitável.

As gordas eram simpáticas, as magras também, todos eram, clima bom, me disseram que ambiente corporativo era horrível. Eu almoçava com todas elas e todos eles, revezava, cada dia uma mesa, era como a novata no colégio, até escolher uma turma, você pode circular.

Quando as gordas pegavam só salada no almoço elas falavam, tá quente hoje, melhor comida fresca. Quando era lasanha e pegavam dois pedaços, diziam, ah, um dia só, tão gostosa. Se a sobremesa era brigadeiro e todo mundo levava um a mais para a mesa, para comer com café mais tarde, só elas justificavam. TPM, frio, trabalhei tanto, mereço um doce, uma gordice.

Uma das gordas ficou minha amiga e me chamou para seu casamento dali uns meses. Chamou quase todo mundo, ela era realmente muito simpática, muito mais rica. Tomou fluoxetina, sibutramina, desinchá, chá de sene, almoçou só alface e pepino, fez drenagem linfática, LFT, cogitou lipoaspiração, mas tinha medo de faca. Quero estar bonita no dia da cerimônia.

Em setembro, ela tinha dor de estômago e vários fios de cabelo a menos, estresse, o vestido não diminuiu porque ela também não. Ansiedade dá fome, me disse. Eu sei. No dia escolhido de setembro ela estava linda de grinalda, feliz, um sorriso farto, amada, eu vi nos olhos do noivo do outro lado do salão.

Ela levou o álbum depois de uns meses no escritório, passou de mão em mão, de mesa em mesa, e na detrás da minha uma das moças, Jaqueline, eu já tinha almoçado com ela, apontou para a foto dela entrando na festa, o vestido bufante, cetim na cintura. Parece um botijão com uma capinha, riu. Riu como as crianças no pega-pega. Kelly e o umbigo de gordo. Como teve coragem de casar assim, desse tamanho. Eu não conseguiria.

E tem jeito, tem cura?

Torci o tornozelo descendo do ônibus. A pressa, o saltinho de três centímetros, pastas e mochilas e outros corpos me pressionando para fora, para a rua, e a rua alguns centímetros mais distante do passo, mais distante do que eu havia calculado. *Creck*, eu juro que fez *creck*, consegui ouvir entre as buzinas e as freadas e capinha de celular comigo, só hoje, dez reais.

Depois ai ai, ai ai ai, isso todo mundo ouviu. E o *pá*, só um, baque surdo, o *pá* na calçada. Caí feito uma jaca do pé. Pesada. Uma jaca, não uma manga ou uma laranja, o moço da capinha dez reais só hoje que falou, putz, olha a jaca no chão.

No ambulatório, o ortopedista, dr. João olhou, mal mexeu, mal pôs a mão. Não é nada, você precisa perder peso. Peso? Sim, tá muito grande, sobrecarregando o tornozelo. Mas... Doem seus joelhos? Agora doem... É sobrecarga. Mas eu caí.

Quando disse que estava com 84 quilos, 84 hoje, mas seis meses atrás, 78 quilos e provavelmente daqui mais seis meses, 92, por isso é impossível ser minimalista no meu armário, Marie Kondo que passe longe dele, dr. João me indicou a dra. Daisy. Ela vai te ajudar, é ótima, endócrina. Mais uma.

Era cara a dra. Daisy, especializada, mas como já havia soltado as pences de todas as calças e shorts e os terninhos não entravam nos braços, o mesmo ciclo de sempre, resolvi ir. O convênio disse que reembolsava parte da consulta. Endócrina-nutróloga pós-graduação em nutracêutica extensão em biogenética, alguém com diplomas e cursos e muitos papéis pendurados na parede para me dizer que o efeito sanfona estava na minha sem-vergonhice e no meu DNA. Meus pais tão magrinhos, mas estava no DNA. Fadiga crônica também, sono atrapalha o metabolismo. Você dorme bem? Mais ou menos.

Cortou o açúcar, trocou por xilitol, passou cortisol, T3 e T4, probiótico, prebiótico, melatonina, metformina. Metformina? Eu não sou diabética. Mas vai ficar, trinta anos, gordura abdominal dá resistência insulínica. Mas minha glicemia está 82 em jejum. Melhor prevenir. A glicada 5,5. Confia em mim.

Eram três páginas de prescrição, mil quatrocentos e setenta e dois reais e vinte e cinco centavos, o moço da farmácia de manipulação passou o orçamento por celular. À vista tem desconto, 5%. O Herbalife ali na esquina, 89 reais. Sibutramina sem prescrição, no trabalho arranjavam, 150. Dez sessões de drenagem linfática, criolipólise, eletrochoque, qualquer tratamento estético setecentos reais, divide em três. A gordura sai na urina, você vai ver.

Não vi mudança de cor na urina no corpo da balança depois de três sessões estéticas, dois meses de Herbalife, o probiótico da doutora melhorou meu cocô, mas o tornozelo não havia era desinchado em nada. Você rompeu o ligamento, um outro ortopedista, outra linha, outra clínica, me falou. Como você está de pé?

NÃO SE APAGUE ESSA NOITE

Renata se atrasou para o show.

Fico do lado de fora do teatro esperando até soar o primeiro toque, os ingressos na mão, chacoalhando, um pé apoiado no chão e o outro chacoalhando o tênis, cadarços desamarrados que vou deixar assim, não é por causa deles que tropeço.

Espero um pouco mais, temos dez minutos, só no terceiro toque apagam-se as luzes e as pessoas que compraram de última hora têm a oportunidade de pegar a cadeira de quem comprou assim que abriu a bilheteria, mas não veio.

Me apresso para o H33 quando toca o segundo, a moça da portaria é quem me apressa, diz para eu não ficar esperando, a gente sempre fica esperando alguma coisa. Deixo o H35 com ela, deixo o ingresso e as orientações de que uma outra moça logo chegará para pegá-lo, chegará para subir as escadas correndo depois descer a rampa e ocupá-lo.

Sigo com a mesma tensão de quando fiquei atualizando a página da venda a cada trinta segundos, vai dar tempo, vai dar certo, acordada até depois da meia-noite para comprá-lo. Comprá-los, o H33 e o H35, bem no meio, ótima visão, ótima acústica, dentro dos 36 graus a partir do último lugar da sala como nos cinemas. Renata gosta tanto do disco.

Me sento, torcendo para que ninguém tente ocupar o lugar dela, sinto olhos à espreita, sinto olhos de caçador na minha nuca e na cadeira e meu Deus, não, o terceiro toque, o terceiro toque soa agora e Renata, onde está você?

Desculpa, rapaz, está ocupado, ela já chega. Desculpa, sim, estou esperando alguém. Desculpa, é, ela se atrasou. Desculpa, amor, eu estou chegando, ela disse faz vinte minutos. Me enrolei um pouco, esqueci a carteira, o ônibus não passou, pensei pegar um táxi, trânsito e eu entendo, amor, eu entendo, moro muito mais longe que você e estou aqui, mas essas coisas acontecem.

Acontece de atrasar para qualquer outro evento, compromisso ou descompromisso, como um filme à toa porque chove no sábado ou um café na terça na brecha entre seu trabalho e minha próxima aula. Acontece esquecer que tinha marcado, aniversários e tantas coisas que você já me disse, inclusive que era a última vez que faria algo assim, três vezes atrás. É que toda manhã acredito nas histórias, em todas as histórias que você conta, em todas as histórias do mundo.

Eu ligo de novo e ela não atende, eu ligo e um estranho silêncio, um teatro tão silencioso que as pessoas no G33 e G35 e H37 conseguem ouvir o *tu* da chamada, o *tu*, *tu*, três toques, e olham para trás e para o lado no quarto *tu* dizendo sem mexerem os lábios que eu devo desligar o celular. Agora não é hora de ligar para alguém.

Diminuí a luz da tela mas ela segue brilhando, solitária, na escuridão do teatro, todos tão ansiosos para ouvir a música que vai abrir o show, todos sabem que vai ser aquela terceira do disco, aquela mais tocada na rádio, e eu torcendo para que a segunda não seja a quarta, que você gosta mais, e sigo com a tela brilhando, abrindo e fechando as mensagens a cada quinze segundos, ansiando para que você escreva qualquer coisa que me acalme, mas eu também sei como tocam as músicas desse disco.

Abrem as cortinas, a banda entra no palco, as pessoas ficam de pé, palmas e gritinhos, o cantor entra no palco, palmas e gritinhos mais emocionados, pulinhos de alegria, palmas e gritinhos pelo dobro do tempo. Os vocalistas sempre recebem mais atenção, ainda mais nesse caso, onde o vocalista é o músico que paguei para vermos, é que até disco de carreira solo precisa de banda para ser tocado. Relação a dois pode ser tocada solo.

Boa noite, gente linda. E todos se sentam, as melhores cadeiras ocupadas menos a H35 porque eu não deixei, então o lugar fica vazio, duplamente vazio, sem ela e sem ninguém e agora penso que seria melhor se houvesse qualquer pessoa ali, o cara que escolheu vir sozinho e sentou no P43, a viúva do M12 que veio chorar as músicas de quando era jovem e amada.

Nenhuma sombra que desce a rampa é a sua, a cadeira a cada música lembrando que você não chegou, não vai chegar, é tarde demais. A segunda que tocou é realmente a quarta, a terceira a sétima, a quinta ele dedilha nesse instante, é aquela que eu gosto, a que aprendi a gostar de tanto você colocar esse disco para gente ouvir, herdei do meu pai, esse clássico, tão clássico isso que está acontecendo.

Outros clássicos preenchem o show, o disco é curto, intenso, melancólico, todos choram em algum momento, a viúva, aquele possível solteiro, o avô com o neto, o casal à minha frente, eu, desde a abertura. Ninguém veio ouvir música à toa, puro entretenimento, são essas emoções antigas, emoções antigas no mesmo lugar. Memória, é isso que as letras invocam.

Não posso mais culpar os homens, sempre tão imaturos, sempre eles, homens da rua, tão desonestos e egoístas, assim são as mulheres que eu escolho. Mesmo te culpando sou quem segue sentada com a cadeira vazia.

O show finge que acaba, os músicos saem e voltam ao som do bis, todas as pessoas em pé, de novo palminhas e gritinhos, dessa vez em frente ao palco, ninguém liga mais para as cadeiras, a não ser eu, que sigo sentada, um pé no chão e o outro chacoalhando o tênis. Ele toca de novo a segunda música da noite e quarta do disco, a que você gosta mais.

Onde você está, acabou minha bateria de tanto atualizar as mensagens, agora tanto faz, eu só quero ir em paz. O show acaba e as luzes se acendem e eu não me levanto, as pessoas passam por mim rumo à saída, ao banheiro, pegar autógrafos, as pessoas passam lá longe e eu escuto ainda gritinhos eufóricos, ótimo show, realmente incrível, *roadies* vão retirando os equipamentos do palco, guitarras e pedestais, os tambores e estruturas da bateria.

Alguns faxineiros pegam garrafas de água vazias e guardanapos, cartões esquecidos, varrem o carpete, varrem meus pés, as cerdas engolem os cadarços desamarrados por alguns instantes. O chão e as poltronas limpas, menos a H33.

Os faxineiros então saem com as vassouras e pás e poucos sacos pretos de lixo, apagam as luzes de emergência nos corredores, só o palco segue aceso. Os *roadies* demoram um pouco mais para arrumar as coisas, guardar os cabos sem dobrá-los, os amplificadores sem danificá-los, um deles derruba um prato no chão, o de ataque, que acentua os começos e fins de compasso. Eles saem do palco e o prato ainda ressoa. Apagam as luzes e o prato ainda ressoa, o fim do compasso ecoando por todos os lados.

SEM REVELAÇÃO

As duas mãos cortam o bolo, partem o glacê como naqueles de casamento. Eles não se casaram, juntaram os trapos, hoje em dia não tem mais tanto disso, igreja e grinalda, marcha nupcial e latinhas amarradas no para-choque, ceder à pressão da família que mal reza aos domingos. Ricardo até rezou para que nada disso acontecesse, as escovas de dentes e panos de prato, até as barrigas, que horror, mas prece sozinha não tem tanta força assim.

O glacê parte, depois a pasta americana, tudo branco menos o recheio que guarda a cor, a cor que vai tentar sentenciar o futuro da criança, sentenciar um pouco mais o não-futuro de Ricardo. Hoje em dia tem disso, chá revelação para contar as boas novas, juntar os amigos tios e primos, cerveja e salgadinhos, buffet e doces em potinhos.

Boas novas têm sexo. Hoje em dia ainda tem disso, até a ministra fala nos discursos, azul é de menino e rosa de menina. As duas mãos do casal-pais cortam um lado da fatia, depois o outro, erguem o triângulo gordo e a massa se mostra anil. É menino.

Segurem as galinhas que mais um galo está solto, grita o pai. A mãe ri. Queria menina dessa vez, furar a orelha nos primeiros dias com brinquinho de ouro e pérola, pedir para as avós meiarem uma pulseira combinando, queria presilhas de lacinho e comprar tecidos no armarinho para mandar fazer roupas iguais.

– Parabéns pelo meninão, casal.

Parabéns saiu entalado da boca do Ricardo, saiu agudo, um pouco esganiçado. Parabéns. Não precisou dar no casamento porque não houve um, não precisou fingir alegria pelos dois pessoalmente, não houve festa, só as escovas juntadas e pratos novos e cópias de chave. Não deu para visitar a criança que nasceu também, tá andando já, puxando as toalhas nas mesas, a vida anda corrida. Parabéns quer dizer o quê, ao pé da letra?

Mas aqui, os enfeites e balões dicotômicos, a felicidade na cara de todo mundo deu mais enjoo que a barquinha de maionese no sol, deu mais enjoo que o pão de ló embebido no corante, mais enjoo do que a mãe sentiu o dia todo, a cara boa o dia inteiro. A cara sem graça só quando Ricardo falou parabéns, abraçou e depois cuspiu:

– Agora já era.

O pai bem longe para conseguir ouvir. O pai bem longe já marcando briga de galo em cerquinhas de alambrado.

– Agora já era o quê?

As noites de sono bem dormidas, ele emendou. Dois chorando, você gosta tanto de dormir. Já era de vez o peito empinado, que ela gostava de exibir. Já era eles, que nunca foram nada, mas Ricardo achava que uma hora daria tempo, rezava e esperava e agora, agora não deu. Não dá mais.

– Ah, sim, a gente se acostuma.

Se namorar, termina. Se casar, separa. Com filho, ele pensou na última gravidez, com filho vai ficar difícil. Com dois filhos vai ficar impossível, ele pensou desde que recebeu o convite das mãos do de novo pai na sauna de quinta no clube. Convite feito por ela, a mão, conhecia aqueles desenhos. Para RICARDO, verde em relevo no envelope. Não veio escrito recado no verso, igual ao verso daquele pagode.

Com esse segundo filho ela não deixa ele. Com dois filhos a tiracolo ela não deixa ele para ficar comigo que nunca disse A, que fingi por quantos anos que nada acontecia, fingi que ela não disse quando ainda bebia que era dele que gostava, desde aquele beijo na praça, lembra da garrafa girando, verdade ou desafio. A gente tinha quinze anos.

A gente tem 27 agora, 28 você no mês que vem, dia quinze de maio. Acho que não tem festa esse ano, acabaram de dar essa, gastaram em glacê, cerveja e salgadinho, torrada com patê e barquinha com maionese, refrigerante zero. Todo mundo anda apertado e tem ainda a casa para reformar, mais um pra fazer caber no quarto, ela vai redecorar, pintar novos desenhos nas paredes, comprar enxoval combinando, móbile de carrinho preso no abajur.

Mês que vem ele só escreve para ela uma mensagem, manda um texto bem resumido, contido, sempre foi assim, ele ainda tem disso. Parabéns, felicidades.

PAPEL DE BALA

A mão suava como na educação física. Apagava o recado que escreveu na palma. Livro. Quinta era dia de aula de história e a professora ameaçou anotar seu nome no caderno de advertências caso esquecesse a bibliografia mais uma vez. Trabalho em grupo, mas cada um com seu material. Nessa escola cada um tem o seu. Não era assim na antiga. Dependendo do dia, dividia até o lanche.

Esfregava as palmas tentando fazer o suor sumir e borrava mais ainda a caneta. Enfiou a mão no bolso, a direita, que levava a pulseira de miçanga de florzinhas no pulso. Aquela que era bonita e colorida e enrolava nos pelinhos e depois doía para tirar, era quase uma depilação, mamãe toda vez reclamava passando a cera quente na perna que a beleza da mulher sempre passa pela dor. Que bom que ela estava bonita hoje.

Enfiou a mão no bolso e o encontrou vazio. Leve desespero. Enfiou no de trás e achou o papel. Desdobrou com ajuda da esquerda, que hoje não tinha acessório, só o lembrete, mas que às vezes levava relógio. Às segundas usava os ponteiros porque tinha que esperar mais tempo na saída. Para não ficar na rua, ficava dentro da escola. Saía para a calçada às 12h35, vinte minutos depois do habitual. Que horas seriam agora?

Me espera atrás da escola, embaixo do ipê, dizia a letra de mão um pouco garranchuda. Não sabia qual era o ipê. Mariela disse que era a alta da flor amarela, mas é junho e não se lembra de ter flor nenhuma mais. As árvores estão quase todas peladas.

Escolheu a bem alta de tronco fino, que levantava a calçada com a raiz. Encostou nela. Olhou de novo o bilhete. Dobrou e colocou no bolso para não manchar essa caneta. Nem amassar mais que o amassado original do bolso dele.

Quando o alarme do intervalo soou mais cedo, ele veio rápido em sua direção na porta da sala. Passou o papel como quem passa batata quente. Rápido para não se queimar. Rápido para ninguém ver. Mas todo mundo vê.

Assim como viram sua agenda na semana anterior, embaixo da carteira. Voltou do banheiro e a encontrou aberta, em cima da mesa. Que saco, pensou. Devia ter deixado na bolsa e assim os meninos não bisbilhotariam. A agenda estava aberta no dia 5 de fevereiro de 2001, primeiro dia de aula na escola nova.

Tinha um papel de bala Chita colado na página, e todo mundo sabia que o Felipe compra bala Chita todo dia. Ele deu uma para ela de boas-vindas. Ela grudou o papel na agenda. Queria guardar a bala inteira para sempre mas ele ficou olhando esperando ela comer, e ela teve que enfiar na boca.

Voltou do banheiro, engoliu em seco, fechou a agenda e sentou-se na cadeira. Começou o zombeteiro. Nathalia gosta do Felipe. Nathalia gosta do Felipe. Nathalia gosta do Felipe. Se sua pele fosse branca como a de Mariela já estaria vermelha.

Gustavo, Pedro! Silêncio!, falou a professora. Mas o papel já estava visto, a pele sem vermelho, mas com vergonha, e Felipe agora sabia que ela gostava dele.

Olhou para baixo o resto da aula. Desviou só para ver se ele olhava, mas não olhava. Quis enterrar sua cabeça como fazem as emas. Entrar para dentro do corpo como fazem os tatus e sair rolando. Mas era só humana e criança e tinha que ficar ali até o fim da matéria, que nem sabia mais o que era.

Mariela falou que meninos são assim, mas se vissem o dia 18 de abril da agenda dela ela também não ia gostar. Ainda bem que era sexta e não precisaria encontrar ninguém no final de semana. Diria que estava doente e nem brincar iria. Agora que começou a manchar as calcinhas todo mundo em casa acredita quando ela está com dor.

Segunda recomeçou a vida e não virou ema nem tatu nem tartaruga e foi só com a roupa para a aula. Usou o pescoço só para erguer a cabeça para a lousa. Terça continuava humana. Nathalia gosta do Felipe, diziam. E Felipe não olhava para Nathalia.

Pensou que ele só olharia pra ela obrigado, quando sua mãe fosse encontrar Rosângela no voluntariado discutir a campanha do agasalho, e eles fossem levados arrastados. Conheceu Felipe ali no ano anterior. Ele e a bala Chita. Foi sua mãe quem arrumou bolsa de estudos para ela na escola, e então via ele todo dia, e não todo mês. Agora não via mais. Só via o chão. E ele não via ela.

Quando a batata quente chegou hoje ficou com medo de abri-la. Pensou que ele diria que a odiava, que não iria mais falar com ela. Que ela não falasse mais com ele. Que devolvesse o papel da Chita. Mas não, ele queria ir para atrás da escola.

Na outra escola as crianças iam para trás da cantina, mas aqui Mariela disse que iam para atrás da escola. Ele quer te beijar, Nathalia!, disse ela aos pulos lendo o bilhete. A agenda, a Chita e agora o beijo, era suado demais na mão.

De quarta a professora deixava sair antes da aula quem terminasse a tarefa, e ela sempre terminava antes. Ele era mais devagar. Tirava C+, e ela A-. Tinha que tirar A-. Foi assim que Rosângela conseguiu a bolsa.

Saiu da sala sozinha, passou pelo portão, e virou à direita para trás da escola. Ninguém seguiu. Deu 42 passos até a árvore mais alta. Contou 57 folhas pelo caminho. Três Gols quadrados brancos. E a mão pingando.

Oi Nati, disse a voz atrás da árvore. Ela assustou. Ele veio pelo outro lado. Oi, falou quando virou, olhando finalmente para ele. O olhar que não se olhava há dias.

Se encararam pela eternidade de uns segundos até que ele perguntou se era verdade. Verdade o quê? Que você guardou a bala que eu te dei? Que pergunta ridícula. A sala inteira viu o dia 5 de Fevereiro ali aberto exposto só não tinha um coração desenhado com um F dentro porque ainda não ganhou a caneta rosa. Fez que sim com a cabeça.

E por que você guardou? Essa não ia responder. Desviou o olhar. A caneta borrando. A bochecha vermelha sem cor. Desejou ser ema de novo. 58, cinquenta e...

– Eu gosto de você também.

Desenterrou a cabeça do ombro. Felipe continuava olhando.

– Eu... Eu nunca beijei, disse. Não sabia o que dizer.

Ele olhava e agora sorria. Eu também não.

A mão parou de pingar. As dele entraram no bolso do shorts do uniforme.

– Segunda você vai embora mais tarde, né? A gente pode vir aqui de novo. Ou não.

Fez que sim com a cabeça o pescoço esticado desenterrado o máximo que dava. Ele tirou uma mão do uniforme e mostrou duas Chitas. Abriram os papéis juntos. Colocaram as balas na boca.

Nathália limpou a mão de suor e tinta na camiseta, e pegou a dele agora vazia. O sinal tocou lá dentro do prédio. Foram caminhando juntos para frente da escola, pelo lado esquerdo. Tanto faz se alguém visse agora. Podia desenhar corações NF de qualquer cor no banheiro da escola que a mão dada não fazia mais deles piada.

Esse era o ipê, ele disse quando passaram em uma árvore a não sei quantos passos da que estavam. Tronco grosso e médio. Topo largo. Uma infinidade de flores roxas.

Abaixou um pouco e pegou uma flor viva em meio a tantas outras folhas secas. 20 de Junho. Flor, bilhete e papel de Chita.

LA GRANDE MORT

Quatro pás no ventilador. 32 persianas horizontais, cinco delas amontoadas por causa de uma única emperrada. Na prateleira inferior, 27 livros, para mais ou para menos, entre capa duras e moles, lombadas sóbrias e coloridas, apoiados na parede. Há um boneco do Lanterna Verde, adquirido em uma promoção, pareando com a imagem do Preto Velho, que a entidade do terreiro pediu para benzer. Juntos assim até parecem um casal, ao lado da foto onde também parecemos um.

    O resto dos objetos está difícil distinguir, não consigo lembrar-me deles, tão pequenos e menos caricatos, fora do feixe de luz que entra pelas persianas desalinhadas. Uma mancha escura surge no canto direito do quarto, começa sobre os livros de filosofia e história, ficção Fernando só gosta nos filmes, na nossa vida. A mancha parece ser de umidade, preto salpicado na parede branca, fruto de algum vazamento, mas o banheiro do vizinho de cima fica longe dali. O porteiro da manhã me disse que todos os apartamentos neste prédio são iguais, mesma planta, dois quartos.

    Será que as manchas são sombras de teias de aranha? No quarto de hóspedes há o habitat perfeito para elas se instalarem, escuro, seco e cheio de pó. Consigo ver elas tecendo morada entre os tambores da bateria, as rodi-

nhas do patinete encostado desde 1990, os vincos do sofá-
-cama que há tanto tempo dobrado deve ter se esquecido
como é acomodar alguém deitado.

Nos deitamos no quarto principal e enquanto eu reluto
em aceitar que estamos sob o mesmo teto salpicado mas
não pisamos no mesmo chão, Fernando dorme. Eu sempre acordo antes, hoje odeio isso, nem sei como passei a
noite aqui, devo ter caído no sono. E em vez de dar-lhe
um beijo e abraçá-lo, observo o rosto de semblante tranquilo, a testa distensionada, raríssimo vê-lo assim, sem
ser franzino. Talvez ele sonhe algo bom, ou durma um
sono sem sonhos.

Fernando não gosta do nariz angulado, motivo de chacota desde a infância, desde que ensinaram a meninos
que diminuir o outro te faz superior, mas lhe cai tão bem,
acomodado pelo rosto quadrado, os olhos grandes, a
barba castanho-acobreada de moldura. Barba que horas
antes roçava meu pescoço seios entrecoxas. Que contra a
nuca dá mais tesão que os lábios e me faz cair de quatro
e pedir que ele estapeie a bunda que falta carne. Eu me
lembraria da palmada pelo resto do dia, cada vez que levantasse da cadeira para ir ao banheiro e depois voltasse
a me sentar para trabalhar.

Sentada nele esqueço de tudo. Dos problemas de saúde
de minha irmã, de que no próximo mês terei que arranjar
mais um emprego, de final de semana, que seja, para fechar as contas, de que a única coisa que ainda dividimos
é isso, o sexo.

Todo o gás que antes havia para discutir as novas músicas que são horríveis mas hipnotizam, a pesca predatória que mata muito mais tartarugas do que as sacolinhas
plásticas, e que plástica mesmo é essa sociedade onde
tudo é momentâneo e dispensável e que, no fundo, é uma

consequência das trocas comerciais que começaram com a queda do feudalismo, se dissipa e deixa sem ar até as conversas banais e tão íntimas sobre como foi o dia.

– Foi bom, e o seu?

Horas antes o quarto se encheu de gemidos, os sons mais sinceros que conseguimos emitir um para o outro. Gemidos compassados, ritmados, o tom que toda transa tem, um ritmo próprio, que não é meu, nem dele, é nosso, dessa dança solta, totalmente instinto, um ritmo que não existe mais fora daqui. E então nós, expulsando as frustrações em suor, buscando o orgasmo como conexão, tentamos nos enterrar, atravessar a pele e entrar dentro do outro. Virar um só, de novo.

La petite mort, lembro de vermos a expressão em algum filme francês, uma cena de sussurro ao pé do ouvido, aos pés da torre Eiffel, baguetes e vinho em uma cesta sobre o gramado, nesses diálogos e cenas improváveis, que só acontecem em roteiros. Uma pequena morte. O instinto uma hora ou outra conduz à morte; o batimento disparado, a respiração ofegante, os olhos semicerrados, revirados, a perda da consciência acompanhada da analgesia. As contrações musculares involuntárias, tremores, a parada do tempo por alguns segundos, e então o corpo relaxado e flácido e o oceano de calma.

É impossível sentir preocupação enquanto o prazer inunda as veias. Ela chega depois, conforme o organismo busca restabelecer o equilíbrio, os pelos eriçados abaixam, a consciência volta a dominar e então percebo que o espaço entre seu ombro e o bíceps não é mais um lugar de conforto.

Quando o corpo começava a esfriar eu me alojava ali e ele me enlaçava desajeitado, cansado, os braços fracos, compartilhávamos qualquer coisa, inclusive o nada e, agora, dividir o silêncio é o mais estranho.

E aí incomodada eu alcanço o celular, checo as horas, invento uma reunião ou um compromisso ou que está tarde mesmo quando é tão cedo, ponho as roupas com pressa e ele entra no banho, nem me oferece um café, nem ao menos uma torrada. Me sinto invasiva de mexer nos armários sozinha, virei uma estranha nesse lugar ora conhecido, só pego um gole de água no filtro e parto.

Saio antes que fique presa demais nesse universo, de dar tempo de pensar se é comigo mesmo que ele dança, qual corpo imagina abaixo do seu, o que passa na sua mente enquanto me penetra, quem vai ter coragem de terminar, dizer que isso não funciona mais e que a vontade de consertar se esvaiu junto com o resto, com o ar da asfixia, agora só temos que encarar *la grande mort*, a nossa *grande mort*.

Me dá vontade de chacoalhá-lo, fazer com que me diga qualquer coisa, conte realmente como foi seu dia, reclame da merda do chefe, do miado do gato do vizinho, dos políticos sempre iguais, do frio que faz no mundo e não só na nossa relação, que virei uma pessoa enfadonha e desinteressante e ele não me aguenta mais, por isso só me come de quatro, para evitar encarar minha cara feia e desgostosa, que eu nunca o apoiei amei ou fiz qualquer coisa para agradá-lo, e que a culpa de estarmos assim é minha, a culpa é minha.

Fernando tem um espasmo e quase morro de susto. Ele tem esses reflexos, nunca liguei que me chutasse durante a noite, mas nos últimos tempos as pernas parecem tantas na cama. Parecemos aranhas, deve ser a convivência com as teias, os corpo sem braços e com muitas pernas que se repelem ao contrário de se entrelaçarem, seres solitários se forçando a dividir um espaço em que não cabe o outro, a não ser para engoli-lo.

Levanto da cama e visto minhas roupas antes que ele acorde. O dia invadiu o quarto pelas persianas abarrotadas e logo chega na cama. Ilumina bem a parede. Dá pra ver a coleção de carrinhos de corrida, esqueci que eles se estacionavam ali.

É realmente umidade naquele canto, muita umidade, pontos pretos, bolhas e mais bolhas formam nuvens de massa corrida no teto, que coisa linda, até chove delas.

Chego perto para entender o que acontece e as nuvens mais carregadas pingam, chove do andar superior, temporal, as gotas caem mais rápido, molham as prateleiras minha blusa e o cabelo, vai fazer *frizz*.

Um raio nasce da nuvem concreta e parte o gesso e vomita pó antes de desaguar completamente. Mesmo com tantas pernas permaneço ali, vendo o mar nascer do céu, rodeada por escovas de dente flutuantes, os livros mergulhando, os carrinhos aquaplanando, as sacolinhas de plástico e os filhotes de tartaruga, Preto Velho nadando *crawl*, até que o vidro do box que era para ser temperado parte em pedaços enormes, um deles me esmaga e me corta, o sangue dando cor à água, e apago pensando que não é que a planta do apartamento de cima é realmente diferente? Antes vejo uma onda lançar a porta do armário toalhas e sabonetes sobre Fernando que, ao que tudo indica, ainda dorme.

SAL PIMENTA
FOGO FOGUINHO

Acordo assustado, o pescoço dolorido, dobrado caído sobre o ombro, o grito das crianças entrando pela janela. É a felicidade me tirando o sono, para variar, as vozes alternadas com o estalar da corda no chão do pátio e os pulos. Faz tanto tempo que o motivo de acordar assim, de sobressalto de um cochilo, é por medo de que Joana tenha partido e eu perdido seu último suspiro.

A médica disse que seria bom manter a vidraça entreaberta, deixar entrar um pouco de ar para o quarto respirar, deixo só quatro cinco dedos, temo que vente demais e ela pegue pneumonia ou alguma dessas outras bactérias que invadem todos os órgãos de uma vez. A médica também disse que o risco é só após os ciclos, por isso ela fica no hospital, mas em casa tudo bem, seria bom levar a vida normalmente, como se algo ainda fosse normal aqui.

Quantos anos você tem?, ouço os meninos gritarem, Um, dois, enquanto me levanto da poltrona e vejo Joana semideitada na cama, virada para a parede que tem o quadro que compramos na feira, Três, quatro, caminho na ponta dos pés até a parede onde está a janela. As risadas invadem o quarto.

– Luís, para, deixa aberta.

– Ah, você acordou?

– Tá tudo bem.

Entre os lençóis azuis, a manta quadriculada enrolada entre as pernas, Joana boceja, apoiada nos travesseiros. Depois coça o olho, tirando qualquer remela que conseguiu se formar durante a hora que passou, checo no relógio de pulso, e se espreguiça. Estica os braços claros da falta de sol, marcados pelo roxo das veias cada vez mais escuras.

Semanas atrás eles batiam roupa, bolo, a corda para as crianças ali do térreo, muito rápido no Sal pimenta fogo foguinho, até que fizeram ceder e bateram a xícara que levava o café contra o chão. No retorno da clínica avisaram que a medicação enfraquecia mesmo, seria assim até o oitavo ciclo. Estavam no quinto.

Caíram os cabelos no chuveiro depois do segundo, já eram curtos, entupiram pouco o ralo. Joana não se importou tanto com os fios, mudava sempre o corte, antes do chanel castanho era vermelho-médio e antes de se conhecerem já até havia raspado metade careca. Triste foi ver cair o braço, a cabeça ordenando que ele contraísse e ele ali pendendo, a cerâmica azul espatifando no chão da cozinha e espalhando cacos e líquidos que ela não conseguiria limpar sozinha, braços agora finos fatigados.

A primeira vez que ela chorou foi ali, ajoelhada perto da mesa, o pano na mão meio úmido meio seco, alguns pedaços do que foi a xícara na palma, outros tão perto e fora do alcance do corpo que doía só de abaixar. Joana gostava era do quente entrando pelas linhas da mão, vida cabeça e coração, saber que o líquido não queimaria a boca porque a xícara amornava, espalhá-las pela casa, depois de vazias.

Café, capuccino, chá de hibisco para desinchar, verde pra acordar, camomila para acalmar. Chai da Índia que leva sete ervas e paciência pra ser feito, inglês, que é um jeito chique de chamar o preto, amadeirado, vão bem com leite.

Agora não desce mais leite, o líquido quente irrita a garganta e faz falta nas mãos, a única coisa que desce morna é o hortelã que eu preparo para o enjoo.

Joana teme que eu pare de amá-la. O temor é secreto, sinto nas interjeições que solta quando se vê obrigada a aceitar minha ajuda. Não a culpo, eu teria o mesmo receio. Teria mais medo disso do que de morrer, de sobreviver aos tubos e remédios e de aprender a viver sem ela. Medo de que se fosse o contrário, eu, ali, deitado naquela cama, ela parasse de me ver como amante e passasse a ver só o enfermo, que recebe cuidado porque é doente e não porque carinho é o que se dá a alguém que se ama. E então me tornaria uma pessoa amarga e ressentida e totalmente desconfiada, que não sabe se o outro fica porque o amor é real ou se é apenas culpa.

Eu só me culpo de não ter passado mais protetor nos ombros dela, tê-la obrigado a ir ao médico logo depois que apareceu a primeira pinta estranha perto do pescoço, depois a segunda no antebraço, depois que ela começou a tossir demais e o guaco nem fazia cócega, o resto é amor, e um pouco de raiva de tudo, por isso vim fechar as janelas, essas crianças rindo no pátio, quem é que consegue rir solto assim.

***

Cansei de olhar esse quadro. Uma adaptação de Monet, a ponte japonesa, o homem na feira de artesanato disse que era original dele mas sei que foi uma tentativa de cópia, até as árvores são iguais, por isso comprei quando ele deu um desconto, preço para limpar a exposição, adoro Monet, quero me jogar dessa ponte.

Sentir o ar contra o corpo durante a queda, as vitórias-régias se afastando enquanto afundo na água, a adrenalina correndo pelas veias em vez destes tantos líquidos produzidos em laboratório.

Quero o sol queimando, que saudade eu tenho do sol, tive que ter justo o câncer na pele, melanoma, que espalha mais rápido que água quando cai no chão. Se eu falar para o Luís da ponte ele vai achar que eu quero morrer, anda tão preocupado, nem vai pensar que ninguém morre pulando de altura tão pequena, com água embaixo, mais fácil torcer o tornozelo quando bater na areia porque a profundidade é pouca.

Não vai lembrar que até pra morrer eu precisaria de ajuda, que sozinha eu não consigo pular a grade da ponte ou qualquer outra coisa, nem descer as escadas, que merda foi escolher o apartamento no quarto andar, pensei que a ausência do elevador no prédio só seria problema nas compras fartas e para subir móveis novos.

É tão complicado sair daqui, o Luís desajeitado me apoiando em um braço, o outro segurando o corrimão, escorreguei uma vez e bati a cabeça e aí em todas as outras tentativas ele tremeu mais que eu, aí desisti.

Desço aos sábados, domingos e sextas à noite, Luís chega tão cansado do trabalho durante a semana. Desço também para ir à minha outra prisão, a de paredes brancas, móveis brancos, superfícies assépticas, cores fortes só nas flores que me levam as visitas para simular alegria, provavelmente. Esquecem que se retiram elas da terra, a vida vai embora tão mais rápido.

Na terra lá embaixo no pátio as crianças estão pulando corda, saudade do sol e de brincar com elas nos fins de tarde e começo de noite, enquanto as pessoas que cuidam delas, exaustas como o Luís, preparam o jantar, ajeitam as almofadas da sala e tomam uma ducha rápida.

Com quem será que a Joana vai casar? é meu preferido. A, B, C, sempre errava no L, as meninas diziam que não valia, que era de propósito, era mesmo, queria mostrar pra elas que às vezes é destino ficar com quem se ama, mesmo que seja datado, por tempo contado.

Agora as crianças contam a idade na corda, Luís acorda assustado na poltrona, os pequenos estão gritando estridentemente. Sinto seus olhos na minha nuca pelada, ele levanta devagar e vai fechar a janela, acha que eu estou cochilando.

Pareço um bebê, as sonecas quase programadas, o sono a cada uma, duas horas, com dificuldade para acessar o profundo e por isso um enorme cansaço me invade depois. Finjo que durmo até quando o sono não chega, fecho as pálpebras, tento também me enganar, quem sabe se a mente dormir o resto do corpo também segue, mas é tão difícil, anda tão bagunçado aqui dentro, se Luís ouvisse o barulho que faz acharia as crianças brincando, Cinco, seis, ruído tão leve.

– Luís, para, deixa aberta.
– Ah, você acordou?
– Tá tudo bem.

Nove, dez, as risadas altas, pararam a contagem, a criança deve ter tropeçado, acabou a rodada, tem que esperar os outros pularem para voltar sua vez.

Vou pedir pro Luís descer brincar com elas, reaprender a levar rasteira, cair e quem sabe ralar o joelho, assoprar pra não arder, limpar o corte cheio de terra, tirar o sangue com a barra da camisa, depois levantar, sem se chatear, fingir que nada aconteceu, rir bastante disso, levantar forte porque ainda tem eu pra erguer, uma queda deixa de ser só uma queda se a gente não se põe de pé depois.

Se põe de pé, Luís, me põe de pé também, deixa a corda no chão.

PRATO FEITO

Estamos com um plano novo para vendas, Virgínia, me disse o chefe, reapresentando o Caio. Eu já via ele de longe, por cima das baias, ele passando do outro lado do escritório com um monte de caixas. Você agora vai acompanhar o comercial de perto.

Caio se aproximou e estendeu o braço esquerdo, deu risada, mão errada. Uma abotoadura com o símbolo da empresa prendia a manga da camisa. Que breguice. Oi, Virgínia, sorriso alinhado, branco, ele fez clareamento. Caio tinha o aperto de mão forte, a voz firme, os ombros e dentes retos a postura ereta, devia vender bem. Canhoto, aliança dourada polida, friccionou na minha quando o cumprimentei com a mão também errada, casado, estabilidade devia vender mais ainda.

O chefe disse que o plano era formar pares de técnicos e vendedores, o plano era economizar nas viagens, mas ninguém nunca falou disso abertamente.

Passei na casa de Caio na semana seguinte, na segunda-feira, na casa térrea, rosada, pintura fresca, o jardim florido. Cara de vida nova, vida começando, pareceu. Cinco meses na empresa, ele me disse. Usava o carro próprio porque ainda não tinham comprado um para ele, era a crise.

Ele puxou o banco para trás enquanto acenava para mulher. Um ano e dois meses de casados, três de namoro.

E você? Deixa para lá. Ele não era alto, gostava de espaço, prendeu o cinto de segurança embaixo do braço, inclinou um pouco o banco, dobrou a perna esquerda por cima da direita, a calça subiu quando ele começou a balançar o pé, mostrou meias xadrez cobrindo uma panturrilha magrela, pernas inquietas. A estampa combinava com os óculos de armação quadrada, o penteado pra trás, o *pen drive* cheio de rock que ele trouxe na segunda viagem e deixou ali.

Enquanto ouvia as músicas sozinha, saindo da empresa rumo à academia, ficava me perguntando se ele baixava ilegalmente da internet ou comprava os álbuns, se a sala da casa dele tinha prateleiras cheias com as caixinhas plásticas dos encartes assim como a minha tinha mil envelopes de papelão, se ele separava todos por gênero sempre, ou ano estilo autoria. Será que a mulher dele não gostava de música?

Posso fumar? Não. Com o vidro aberto? Não. Eu te compro um cheirinho. Canela, ele trouxe de presente na terceira viagem. Meu perfume de mirra, o desodorante dele de cravo, a canela o tabaco e o carro eram quase um navio de especiarias, navegando por águas perigosas.

Que merda esse cigarro, me dá um trago. A marca do meu batom ficou sobre o filtro, que bonitas as rachaduras da minha boca encontrando as dele.

Comecei a reparar nele no escritório, no refeitório, no tanto de arroz e feijão que ele punha no prato, em quantas vezes ia ao banheiro, quantas saía para fumar. E de repente ele passava mais pela minha mesa, nosso olhar cruzava por cima dos computadores, nos trombávamos no café, na fila do bebedouro.

Comecei foi a desejar era que ele me encoxasse ali na salinha de descanso. Sem querer, sabe, tropeçou no próprio sapato, o cadarço desamarrado, e caiu bem em cima da minha bunda. Sei que não daria pra gente trepar no depósito do escritório, encostados nas caixas de peças que ele leva. Seria com culpa e com pressa e ninguém consegue gozar direito nessas condições.

Sempre que olhava o Caio minha mão tremia, a aliança apertava, o inchaço começou a doer tanto que parei de usá-la. A dele continuava ali, reluzindo como um letreiro luminoso que dizia mantenha distância. E eu mantinha, sim, mantinha, até comprei garrafinha de água pra deixar na mesa e cortei a cafeína, já estava acelerada demais, comecei a correr mais quilômetros na esteira, foi ineficaz, e aí quinzenalmente estávamos a vinte centímetros de distância e como é que faz.

Como é que eu falo pra minha mão ficar quieta, não deslizar pela coxa dele quando ela está tão perto do câmbio enquanto eu coloco segunda pra terceira, terceira pra quarta, da quarta pra quinta meu Deus, o dorso da mão até roça no linho.

Como é que faz no dia que foram três horas de viagem de ida e duas de volta, só nós sem as câmeras as vizinhas a vidinha de comercial de margarina.

A caminho do cliente eram nem sete era escuro era cedo demais até pro tesão e o radialista enchia nossas lacunas com as notícias do Brasil. Às oito discutíamos o sequestro que o moço falou e os novos cortes propostos pelo governo, e sobrou mais uma hora para falarmos do projeto e quão verde ficava a paisagem e esburacada a rodovia conforme entrávamos em Minas Gerais.

Mudava a rodovia, o clima, o formato das cercas. Como dizer bom dia, o número de colheres de açúcar no café, o jeito de estender a roupa no varal. Tantas casas na beira da estrada, varais ao fundo delas, esticados por varas de bambu, as calcinhas de renda carçolas de algodão as cuecas furadas, os fundos marcados, tudo preso por prendedores, a intimidade exposta à vizinhança aos turistas e transeuntes.

Meio-dia já voltávamos e o sol batia de frente, secava as roupas penduradas, esquentava nossas peles e criava crises muito maiores para estes dois funcionários da empresa. Está quente, né, o ar-condicionado quebrado.

Meu vestido colava no corpo, o suor fazia meu colo de escorregador. Caio arrancou as abotoaduras e desabotoou duas casas da camisa com a mão esquerda e depois guardou-as no bolso da perna sacolejante. Uma outra casa abriu sozinha.

Agora é a hora, minha mão disse coçando. Eu ordenava fique quieta, fique na sua, mão, grude-se ao volante, não vá nessa direção, controle seus impulsos de abrir-se na perna ao lado. Agora é a hora dizia o corpo todo quente porque ainda é Minas e não teve algum filósofo pensador que disse que só o mundo da realidade tem limites. A moça do RH que citou em alguma palestra motivacional.

Com a mão no bolso até dá pra fingir que todo o universo naquele anelar não existe. Com a mão no bolso e a perna ali irrequieta a minha cabeça na casa da camisa e não naquela noutro Estado dá pra criar distância da nossa realidade e experimentar novas fronteiras.

Minha mão urrava em dor. Se contorcia, irritada. Queria alisar o linho que estava tão perto, saber se a perna embaixo era firme ou fraca, acalmá-la, pressioná-la para ver como o resto do corpo reagiria. Percorrê-la e chegar até a extremidade onde começa a braguilha da calça e descer o zíper, sentir o volume ali aumentar frente ao seu toque.

Quando minhas falanges já vibravam frenéticas e eu costurava os carros tentando fugir de mim, perguntei ao

Caio se ele estava com fome e ele disse que comeria. Parei no motel vermelho com o letreiro quase apagado, em um retorno antes de entrar na SP. Tinha almoço executivo.

QUEM OS POSTES
ILUMINAM

Gabriela disse que quase nunca andava de braços dados na rua, a mão menos ainda, a mão no bolso da calça da outra, faziam assim, alguns casais. Ela disse que não era de beijar também, um não muito mais nunca que andar de braços dados, você saberia se beijasse mulheres há tanto tempo quanto eu.

Eu encosto ela no muro do lado de fora do bar, o tesão gritando feito recém-nascido, meu tesão recém-nascido, irrefreável e imprudente. Ela olha como quem diz espera chegar em casa, olha quem passa na calçada, as lojas do outro lado, os postes, o que e quem eles iluminam. Eu saberia também se beijasse mulheres há tanto tempo quanto ela que o tesão é sempre tolhido, ninguém gosta de casais se amassando sobre os pixos, braguilhas abertas e olhos em órbita, tesão de casais que não deveriam ser par menos ainda.

Pedro, Paulo, João, Caetano e tantos outros sem nome e sem rosto, em fins de festa e bancos de praça, esquinas e escadas, restaurantes sem rótulo de espaço seguro. Tantos que me colocaram em táxis despreocupados, colocaram amigas quase desacordadas, os motoristas só interessados nas mãos deles tirando as jaquetas no banco de trás, voyeurismo pelo vidro retrovisor. Os motoristas interessados neles descendo as alças das blusas, não nelas quando subiam as alças de volta, não nelas quando saíam cambaleando do carro, eles puxando pelo braço o corpo mole, o salto enroscando nos buracos que a prefeitura esqueceu de recapear.

Gabriela diz que sempre é bom que pareçamos amigas, ela tem medo dos motoristas, nunca se sabe quem está no volante, é perigoso deixar-nos dirigir. Tem medo quando é escuro na rua e saímos do bar, dos homens que os postes iluminam, dos que ficam na sombra, o medo é duplo, o dobro do meu, o medo do corpo invadido e por pensarem que há coisas ali a corrigir.

Tem gente que já nasce quebrada, já nasce faltando parte, vocês, o que vocês fazem na cama? E então não adianta dizer que há os dedos e bocas, as coxas, a parte de trás dos joelhos e verso dos cotovelos, forquilhas dos braços, tanto espaço endógeno menosprezado.

O que vocês fazem na cama, vocês, nascidas para serem passivas. O sexo não é isso, a dominação de um pelo outro. Quem come quem, perguntavam pro Henrique quando ele apareceu com namorado, como quem pergunta do prato no almoço, feijoada completa por cima ou por baixo, porção de torresmo e couve refogada ao lado?

Pergunta assertiva, imperativa, pergunta que exige resposta. Vocês, coloridos, vocês que destoam, vocês têm que prestar conta do que fazem, como transam e agem, quem assume os papéis. O homem, quem é ele, quem paga a conta e impõe a vontade, quem sempre vai tirar vantagem, qual vai abaixar a cabeça e ouvir, obedecer, nunca agir.

Não é por vergonha, você entende?, Gabriela me pergunta quando desço do táxi atrás dela, depois de dar boa noite, pagar quinze contos, cravados, sem troco, bater a porta, minhas mãos o trajeto inteiro nos bolsos do meu casaco. É quase uma contra ação.

Ela diz que é questão de tempo para que eu entenda, para que homens e as noites e dias, para que as coisas mudem. Para que esse beijo que ela me dá depois de trancar o portão da frente, a porta de entrada, e o elevador com câmera nos levar do térreo ao sétimo, esse beijo desse jeito que ela me dá depois de pendurar as chaves e tirar o casaco o tênis, as máscaras, possa ser dado com os braços e pernas entrelaçados, inteiras como já somos, sob o poste iluminando tudo, nós projetando nossa própria sombra no meio da rua.

EU ME COMPORTEI BEM ESSE ANO

Feliz Natal

Na fila a menina quase chorava, choramingava querer sair dali, não podemos comprar os presentes agora, a boneca que faz xixi, agora já, a máquina de fazer sorvete, você prometeu que me daria as duas, mãe. Tem que pedir para o Papai Noel antes, filha. Não quero mais pedir para o Papai Noel. Mas você se comportou o ano inteiro, nunca te vi tão quieta, na sua, menina crescida, e agora tá assim, Juliana?

    A fila andava e a menina atrasava o passo, olhava para os lados, jogar-se no chão não dava certo, já sabia, anos antes quis muito brincar no carrossel e a mãe disse que depois, ela bateu os pés, a mãe disse depois, ela esperneou no piso do shopping, limpou tudo com o vestido florido, a mãe levantou-a pelos cabelos.

    – Mãe, por favor, não quero ir, me deixa pôr a cartinha na caixinha.

    Cadê a caixinha de correio, não tinha, Juliana não via, era branca, ano passado estava ali, puxa vida, e ela puxava a mão da mãe para fora da fila, para longe do cercadinho com as renas e as árvores, as bolas, o colo do homem barbudo.

Para, Juliana, que você tá me envergonhando, a mãe respondeu nem olhando para ela. Era tradição tirar foto para mandar para a avó Pai, por favor, ela começou a pedir também, a mão da mãe a mão do pai sendo puxadas, por favor, a câmera no bolso da calça dele, o desespero tanto que não saía lágrima, saía quase o coração ali, pulando dentro da gaiola do peito, pulando que nem naqueles dias.

Filha, meu Deus do céu, você tá amassando a sua cartinha, tão bonito o envelope, tanto trabalho te deu fazer, como Papai Noel vai ler desse jeito. Juliana parou de jogar o corpo para trás, soltou as mãos dos dois, uma lágrima caiu de um olho, era a lágrima da derrota, enxugou-a com o dorso da mão esquerda, a direita segurava a cartinha. Deu dois passos para frente, a cabeça olhando para o chão, vencida. Era sempre vencida.

No envelope fez questão de colocar brilho, glitter, pintar de lápis de cor e canetinha. Colar os adesivos preferidos que ainda guardava na cartela. O da sereia, o da fada, o do cachorro cheio de pinta. Tantas cartas, Papai Noel recebe. Na escola a professora falou que são bilhões de crianças no mundo, dois bilhões, dois ponto zero zero zero ponto zero zero zero ponto zero zero zero. Muita criança. Milhões devem saber escrever, milhares escrevem cartas, milhares era muita carta ainda, tinha que destacar a sua, fazer Papai Noel pegá-la com certeza do meio do bolo, abrir o envelope, ler as letras bonitas treinadas no caderno de caligrafia.

Destinatário Ao Querido Papai Noel, Rua das Renas, s/n, Groenlândia, a mãe disse que ele morava na Groenlândia, onde era mais frio e vazio, no topo do mundo, quase fora do globo, mais espaço para as fábricas de brinquedo, não explicou direito como ele vinha pra cá, pros animais do frio não é difícil andar no calor? Já que ele veio até o shopping entregaria a carta em mãos, menos chance de ela se perder no correio. A tia sempre diz que os presentes que manda não chegam por culpa dos correios.

Remetente Juliana Souza Fernandes, centenas no mundo de nome igual, por isso Juliana Souza Fernandes, Filha de Raquel e Guilherme Fernandes, Rua Sorocaba, 671, Bauru, CEP 13352-021. 680, era o endereço do vizinho, portão da frente.

Mais três passos e seria a próxima a falar com o barbudo. A ajudante fez vem com as mãos, Juliana fingiu que ia, Papai Noel ria com um menino no colo, o pai tirando a câmera do bolso, a mãe feliz, vai Juliana, dá aquele sorrisão, e deu aquele empurrão de incentivo. Caminhou sozinha, como sempre.

Quero um irmãozinho, Juliana pediu pequena, pra mãe pro pai, pediu até cansar. Vamos pensar, filha. Cadê o irmãozinho? Já vem já, Ju. Não veio o irmãozinho nunca, veio o Tião, prêmio de consolação, o peixe do aquário que não falava nem brincava, não dividia o lanche e o medo do escuro, não caminhava com Juliana até o Noel, não acompanhava ela nas tardes que passava na vizinha.

A vizinha, tão boa, se ofereceu para olhar Juliana durante as tardes agora que acabou o prezinho e a escola é meio período, babá é tão caro, sua família longe, só deixar o lanche da menina, mais uns trocos poucos, tá tudo certo, eu adoro criança, sinto falta, meu filho já está moço.

Segunda e quinta o moço tinha futebol, terça aula de música, sexta ninguém precisava olhar, o pai de Juliana saía antes do serviço, sexta saíam para almoçar fora, tomar sorvete de casquinha, ele deixava pedir dois desde que não contasse pra mãe, morango e chocolate, cobertura não gosto, só um biju. Dois bijus, vai, tem como?

Era de quarta. De quarta a vizinha falava olha só quem tá aqui hoje para te ajudar na lição de casa, que sorte a sua, meu filho é excelente aluno, matemática história e geografia, física que você nem tem ainda, química, anatomia.

A ajudante de novo disse vem e Juliana subiu os degraus sem querer, Papai Noel disse vem também, venha cá, menina, chegou sua vez. Só vou se o senhor prometer realizar meu pedido. Eu prometo. Promete mesmo? Prometo, você se comportou esse ano?

Vai querida, a mãe disse sorrindo nervosa, a menina oscilando na frente do homem, Papai Noel de braços abertos, papai com a câmera a postos. Ela anda estranha, não anda?, a mãe cochichou de lado para que a menina não lesse nos lábios, andava boa nisso, era esperta, a Juliana, mas andava estranha. Deve ser a idade. A menstruação tão adiantada, mas veio uma vez só, não foi?

O senhor vai ler a carta então? Disse ela chacoalhando o envelope colorido reluzindo as luzes brancas do saguão. Vou, me dê aqui. Ele pegou a carta e pôs no bolso do paletó. O bolso de dentro, do lado do peito, lugar seguro. Juliana deu mais uns passos, fechou os olhos, subiu no lugar que o homem batia as mãos, na coxa gorda, bem mais larga que a do vizinho.

Só vou te ajeitar, disse ele, as mãos na cintura dela, mãos suadas e grossas, uma mão sobre as costas, Jujuba! Olha aqui, gritaram os pais, acenando. Uma mão dele desceu da cintura e foi parar sobre os joelhos, sobre os joelhos não, por favor, Juliana pensou, depois tirou, foi assim que o menino fez a primeira vez, senta aqui para eu te mostrar como faz essa conta direito, a porta do quarto fechada, o braço dele em volta do dela, dez dividido por dois é igual a pegar dez balas e dar para duas pessoas, com quantas fica cada?, ela contou nos dedos, rabiscou no papel, cinco, muito bem, a outra mão ele colocou no joelho dela, e oito por dois? é a mesma lógica, a mão do joelho abrindo uma perna, a mão por debaixo da saia, uma mão ensinando com lápis na mesa a outra vasculhando tudo ali em baixo, a mão puxando a calcinha pro lado, a mão onde só ela tocava na hora do banho, fora do banheiro era feio, Juliana! Quem te ensinou isso?

Papai Noel colocou a mão de volta no joelho e a menina não, não, não quero, chorou alto, gritou, tentou pular do colo, estragou a foto, Papai Noel segurou, calma que é rápido, Juliana gritando, da mão no joelho para o resto era mesmo muito rápido, não quero, o som ressoando pelo saguão do shopping, crianças na fila chorando em coral.

Deixa ela sair, fez a mãe, acenando e Juliana saiu correndo e abraçou as pernas dela que caminhavam em sua direção. A mãe afagou a cabeça. Tirou pelo menos uma? Eu disse que essa menina anda estranha. Vamos, Juliana. Vamos embora. Sim, vamos embora, para tirar foto chora e agora para comprar presentes vai parar? Menina, não dá pra te entender.

Na lavanderia, Roberta checava todos os bolsos antes da lavagem. Era outra funcionária a responsável por essa etapa, preparar as roupas para irem à máquina, mas Roberta não confiava nela, se ela passasse batido em um só papel, pequeno que fosse, no fundo do bolso era Roberta quem teria trabalho dobrado, lavando tudo de novo, escovando os pedacinhos entre as mangas e golas e pares de meia.

Tateou o casaco pesado, e, olha lá! Depois dizem que eu sou controladora. Como não percebeu? O bolso de dentro! Ah, mas eu vou falar para a gerente. No bolso do coração, aquele onde nem ladrão mexe, um envelope pintado pelo arco-íris e seus duendes. Glitter dourado por todo ele. Glitter, glitter, imagina, isso na roupa isso na máquina no cano de água. Deusolivre!

Sete de janeiro, coitada da menina, apesar que ninguém nunca lê essas cartas.

Querido Papai Noel,

Minha mãe diz para agradecer o que temos então obrigada pelo fogãozinho do ano passado, ele não queima a mão que nem o da cozinha da minha mãe mas não cozinha a comida. Coloquei milho no forninho e saiu igual.

Esse ano mamãe disse que vai me dar a boneca do xixi para eu trocar a fralda dela, ela prometeu, e a máquina de sorvete da televisão, são dois presentes, olha como eu sou sortuda, é porque não tenho irmão senão seria um. Eu só não entendi se quem dá presente é ela ou você? Ela não quis me dizer então estou te pedindo também.

Você só dá presente pra criança? Em casa só o meu chega na árvore. Até quantos anos você pode dar presente? O Filipe filho da tia Sônia, ele mora na frente de casa, o Filipe tem dezesseis anos, dois vezes oito, quase duas vezes a minha, nove. Ele que me ensinou. Mamãe falou que ele é entre criança e adulto. Adolescente.

Papai noel O Filipe me disse que eu sou o maior presente dele. Você pode me desdar? Eu não gosto das brincadeiras que ele faz comigo. Dói na hora e dói depois e eu peço AS *pra minha mãe que nem quando caí de patins e me ralei toda e ela disse eu fico inventando coisa. Hipocondríaca, ela falou.*

Procurei no dicionário Aurélio e demorou porque é com agá e achei que era i mas é: tristeza causada pela ideia de doenças imaginárias. Não estou imaginando coisas só dói e eu fico triste quando o Felipe brinca de colocar a mão na minha calcinha, ele disse que se eu contar pra minha mãe a tia Sônia não ia cuidar de mim e eu ia ficar na rua que nem mendingo e que as brincadeiras na rua são piores.

Não conta pra ele que eu te falei.
Você promete?

Juli ana

SENHOR DO SEU TEMPO

Sozinho observava o céu que agora era das estrelas e de dia era de tanta coisa. Do sol, das nuvens, dos pássaros e insetos. Será que quando os voadores viram os primeiros aviões subir sentiram suas asas ameaçadas? Olharam para baixo e pensaram: é isso, não mais voaremos, a terra também é nossa sina e o azul será para sempre inalcançável. Só nos restará admirá-lo. Delirar tentando interpretá-lo, inventar teorias sobre sua origem, significar colheitas, guerras e nascimentos com o alinhamento de astros tão distantes.

Será que não imaginaram haver muito espaço ali, no alto, e que lugar era só questão de altitude, diferente do solo, onde os centros empilham casas e enterram rios, espremem o caminhar das pessoas em passarelas e calçadas, concentram riquezas que não chegam ao campo, enquanto o campo preserva valores que a cidade não é capaz de compreender.

– Olhando as constelações?

Camilo acendeu a lanterna sobre o ombro e a luz tremelicando que agora iluminava a soleira da porta de entrada mostrou Henrique caminhando. A sombra que se projetava sobre a construção aumentava conforme ele se aproximava e a casa ia ficando para trás, como se todo o mundo que existisse ali também pudesse ficar para trás.

– E o que mais eu poderia fazer aqui? – brincou.

Deu espaço para que o primo também coubesse na canga, na canga quase sempre seca esticada na beira do rio, agora úmida do orvalho que se formava na grama sobre o declive.

– Na verdade estava lendo.

Ergueu o volume que estava no colo para que desse para ver o título. *A teus pés*, de Ana Cristina Cesar. O livro fez companhia até que os olhos cansaram da luz branca refletida nas páginas. Contou-lhe que Ana falava de mosquitos que não largam e saudades ensurdecidas por cigarras.

Camilo não era da poesia, muito menos Henrique, mas encontrou o livro em um sebo perto da faculdade e não conseguiu soltar. O livreiro disse que a escritora havia se matado anos antes. Triste título para alguém que se jogou da janela do sétimo andar.

– Você concorda com ela? – perguntou Henrique.

– Olha, tô cheio de picadas.

– E as cigarras?

Estavam quietas, era verão, mas noite de lua nova, toda a vida que se dava na mata repousava, e mesmo que gritassem passariam longe de abafar qualquer saudade. Essa vinha em forma de aperto, sufocamento mudo. Socava o peito conforme o batimento acelerava. Conforme a pele de Henrique raspava na sua enquanto se acomodava ao seu lado.

– Então você não é do campo. – continuou Henrique, com as mesmas picadas de Camilo perto do tornozelo, círculos vermelhos bem menores, pouco inchados, pareciam nem coçar.

– Foi perceber só agora?

Há dois dias as crianças andavam a cavalo, pegavam fruta do pé, tentavam pescar, quase ninguém tirava peixe da água, e Camilo ficava no rancho com os adultos jogando baralho, rindo de piadas questionáveis, fumando cigarro de tabaco enrolado na palha. Ele também já era adulto, mas em meio a pais e tios, os adultos-adultos, ele sempre seria criança.

Henrique era outro adulto-criança, já pegava cachaça do barril de noite há mais tempo que ele, mascava fumo em vez de enrolá-lo na palha, mas de dia sumia pelo sítio, preferindo queimar o cabelo sob o sol veranil que sentar-se na mesa sob a sombra.

Uma vez sumiram juntos. No último feriado foram fazer a trilha da cachoeira do sítio vizinho, que começa pulando a cerca depois da jabuticabeira, à direita do galinheiro, perto do barraco de ferramentas. Nunca chegaram lá.

– Tá vendo ali? O ponto amarelo.

– Minha mãe diz que se você aponta pra estrela nasce verruga na ponta do dedo.

– É um planeta.

Saturno devia aparecer onde o indicador dele apontava, mas a olhos nus e míopes nada tinha borda, tudo era meio borrado, oval, amarelado. Ali, olha, brilha mais do que os outros. Camilo cerrou a vista e os pontos continuaram meio iguais, borrão de estrelas, a Via Láctea nos livros da escola, as poesias no livro de Ana.

Os Sumérios, depois os Romanos e, entre eles, muitos outros, que não deixaram vestígios ou cavernas recheadas de desenhos, olharam o céu luminoso e perceberam cinco pontos que se deslocavam ao invés de ficarem parados. Estrelas itinerantes. Corpos de andar divinamente errante.

Vênus, a deusa da beleza, emprestou o nome ao mais reluzente. O cor de sangue ficou Marte, pai da guerra. Pela grandeza, Júpiter virou o rei de tudo. Mercúrio era um veloz mensageiro, e o mais lento...

– Saturno é meu preferido. Sabia que só os mais pacientes conseguiam reparar no seu andar?

– Combina com você.

– Por quê?

Poderia elencar os tantos porquês. Porque delonga a jogatina, analisando carta por carta na mão e na mesa e de volta à mão antes de baixá-las no buraco, como sempre é o último a terminar a refeição, pega pouco, repete, espera um tempo para comer a sobremesa. Porque desvia o rosto sempre que Camilo está olhando, não entende quando ele diz que vai dar uma volta, some por trilhas que não marcam a terra.

– Já tava na hora de se mudar.

– Eu sei.

Quatro hectares de terra, dois e meio cultiváveis, cinco irmãos para dividir tudo, mas só um ainda ali, criando os filhos entre o brejo e as montanhas, insistindo que mãos são mais confiáveis que máquinas e que o avanço da civilização é algo questionável.

387 quilômetros para a cidade grande mais próxima, onde fosse possível ter outra vida, ser outra pessoa. Dois anos de ajuda dos tios para convencer o pai de que o aluguel de uma colheitadeira não era tão caro assim, que esperar Henrique se casar com alguma moça de algum sítio vizinho nem era mais enredo de filme.

– Seu pai tá como com a sua partida?

– Puto da vida, bebendo mais do que nunca.

– Por isso você some...?

– O dia todo. Sim, é bem ruim de ver.

A cachaça no barril acaba cedo agora, as discussões não. Antes as brigas com Henrique eram pelo plantio errado, pela colheita antes da hora, pelo excesso de sol, as pragas e galinhas soltas, duravam questão de minutos, coisa de hora. Hoje evoluíram para horas, tudo é motivo, tudo é jogado na cara, você não valoriza o que fiz por você, só pensa no seu futuro, tem vergonha de nós.

Eram um grupo consanguíneo de exageros, acentuados pelas circunstâncias, e essa era uma daquelas. Onde estivessem era sempre barulho, fosse discussão feia ou festejo, o grito do seis no truco, os chumbinhos partindo da espingarda e encontrando as rolinhas, a moda saindo desafinada da viola. Mamíferos de hábito diurno que raramente preenchiam o silêncio com questões pouco importantes, falavam do tempo e do passado, talvez por temer pensar no futuro.

– Mas vou sentir falta daqui.
– Do quê? A noite é igual em todo lugar.
– Não tão estrelada assim.
– A grama também é verde.
– Pisoteada de sapatos de pessoas apressadas.
– Caramba, tá se mudando pra quê então? – Camilo era quem discutia querendo ouvir o que importa.

Henrique desceu o braço que apontou planeta depois coçou cabelo e o colocou em volta da cintura de Camilo. Depois roçou o queixo no ombro que já arrepiava do frio da noite e do úmido do pano sobre o capim, e subiu até a orelha, os dois brincos de pedra brilhante.

Camilo livrou as mãos do livro e levou-as para o queixo cheio de pintas, cheio de pelos novos, nenhum deles ali no último feriado, passou o polegar nas bochechas cheias de sarda e pelos novos, depois o indicador nos lábios, entreabertos, os olhos fechados, até que o toque foi feito com a boca e as línguas se encontraram em outro céu.

O céu onde acontecia atração, independente de alinhamento, fosse eclipse, lua nova crescente ou cheia. O céu onde era possível voar alto, voar longe, perto de rabas de helicópteros e topos de prédios, correr o risco de cair, sair de órbita e conhecer outros tons de azul, planetas desconhecidos, o céu onde se acostumar com picadas incômodas não é coisa normal.

QUESTÃO DE SORTE

– Par?
– Ímpar.
– Um, dois, três e... Já!
– *Yes!*
– Ah, não, merda.

Maldita hora em que Larissa resolveu descer do carro para fumar um cigarro antes da viagem. Se fumasse da janela como todo fumante assumido, que liga mais para a nicotina do que para o estofado furado de cinzas, não teria problema. Problema seria se estacionando o carro na garagem dos pais eles vissem os furos e sentissem o cheiro e começassem com aquele velho discurso de o que você virou, não te conhecemos mais.

Por conhecer demais o trajeto e saber que assim que caíssem na estrada o litro de combustível aumentaria a cada quilômetro, e que se demorassem mais vinte minutos o trânsito ficaria insuportável, saiu para abastecer o carro enquanto Matheus ainda arrumava a mala. Se tivesse voltado e buzinado, parado o carro em frente ao prédio e esperado o irmão no quente do banco e gritado VAI LOGO por cima da janela, do jeito que ele odeia, agora iria dirigindo.

Era óbvio que ele ia querer dirigir e então iriam brigar e todas as batidas arranhões e multas, os deslizes, as dormidas, tudo que sabiam do histórico automobilístico um do outro seria usado de munição nessa guerra, e ninguém torceria o braço, assumindo que o outro era melhor motorista, e que depois de se estapearem descendo as escadas a questão seria resolvida na calçada, no par ou ímpar. Tudo era resolvido no par ou ímpar.

Quem varria o chão e quem recolhia a roupa, quem guardava os brinquedos, quem tomava banho primeiro. Quem dormiria no quarto menor do apartamento no segundo andar, quem lavava a louça quando um havia encomendado a pizza e o outro alugado o filme, quem ligaria para os pais avisando que neste ano chegariam bem no meio do feriado.

Não acredito! Vocês só chegam no sábado?, perguntou a mãe ao telefone. Sim, eu sei. É tradição. Eu sei, mãe, respondeu Larissa, que pediu ímpar e o resultado foi oito. Bom que foi ela, Matheus ao telefone cederia frente à primeira reclamação, e Larissa teria que chamar de novo no dia seguinte explicar que todo mundo iria trabalhar sexta no escritório, azar nosso a Páscoa ter caído no final de abril, declaração de imposto de renda não espera o feriado passar.

Pelo menos foi isso que combinaram de falar, jogar a culpa para o trabalho, trabalho é coisa séria. Se dissessem que haveria um show na quinta à noite pra ir e churrasco no dia seguinte, dia para não comer carne, a mãe jamais entenderia.

É tradição, é pecado, é um absurdo, a carne de cristo, o sangue que ele derramou por nós durante o sacrifício sendo mastigado por vocês em linguiça de chouriço. É tradição também malhar Judas no sábado, fazer boneco de palha papel papelão, dar paulada, bofetada bicuda, depois atear fogo no meio da praça. Queima, traíra. Queima que Páscoa é ressureição é renovação é a segunda chance, menos pra você. Essa tradição ninguém questiona, essa quebra ninguém pensa em fazer.

Bonecos de políticos, de famosos, de quem você não gosta, se fosse espiritismo ou candomblé fazendo isso chamariam de vodu, magia negra, ocultismo esse simbolismo, mas como é a religião do cristo do papa do país que diz ser laico tudo bem.

– Pneus tão o.k., lanterna, luz da ré, gasolina você pôs agora, né, checou a água?

– Sim.

– Então partiu.

Ele ligou o carro que não quis ligar. Ele virou a chave três vezes e mais duas pisando no acelerador junto e o que você fez? Nada, tava funcionando até agora. Será que é a bateria? Eu não acredito. Nem eu. Tem fumaça saindo do capô? Não. Vamos fazer pegar no tranco.

Mas no tranco não foi, Matheus e dois moços que passavam tentaram empurrar o carro, Larissa pisando, quase arrancando o volante, o carro rolando as rodas pela rua sem dar um suspiro. Eu não acredito, é pane elétrica? E esse fusca lá tem dessas coisas?

É mandinga sua, Matheus falou, por ter perdido na sorte, mas nenhuma mandinga dessa família pegava. Se fosse assim nunca teriam mudado de cidade, a mãe com a cara virada desde a primeira vez que contaram dos planos.

As crianças querem outra vida, Maria, deixa eles. Precisa ser na selva de pedra, que nem na novela? Precisa, Maria, o técnico do menino só tem lá e Larissa vai usar datilografia onde aqui? E assim foram, com o pai assumindo a responsabilidade se eles morressem em um assalto ou intoxicados com a fumaça, deu uma ferradura para colocarem atrás da porta e o carro, encostado, o carro emprestado para voltarem quando quisessem. Se fosse de ônibus teriam que pegar duas linhas, como iriam fazer agora. Demora.

Ainda tinha passagem na rodoviária, os carros extras por causa de Jesus, jamais de Judas. Matheus ficou comprando os bilhetes e Larissa foi ligar para mãe. A fila do orelhão estava grande, estava longa, as chamadas tristes dos atrasos, as felizes das chegadas, todas privadas, ali, eram totalmente públicas.

A mãe não gostou da notícia, nem Larissa, muito menos Matheus, que percebeu só no embarque que não tinha música, não tinha livro, nem para emprestar, não tinha nada para fazer nas quatro horas seguintes, nem a janela para olhar porque a irmã ganhou ele no par.

Tinha umas revistas em uma das malas, a irmã falou. A que tinha as toalhas tapetes e guardanapos encardidos? Era feio levar roupa para a mãe lavar, mas a lavanderia 2×2 mal secava os tecidos. Em troca, de agrado, bom grado, Larissa levava umas revistas que não circulavam pelo interior. Fofoca, moda, esoterismo, notícia. Matheus conseguiu pegar todas e leu tudo, muito rápido, leu as figuras e títulos e destaques, as letras pequenas nas páginas bem pouco, elas balançavam com as curvas, deixavam o estômago tonto.

– País do Oriente Médio?
– Líbano.
– Do Golfo Persa.

Irã. Omã. Seis letras. Catar. Kuwait. Como escreve isso? K-U-A, não, K-U-W-A-I-T vê se encaixa. Encaixa. Na Vertical o w aparecia em Líquido incolor e inodoro, formado por oxigênio e hidrogênio (Ing). *Water*. Kuwait, como você lembrou disso?

Larissa lembrava porque gostava de palavras cruzadas, tinha sempre uma revistinha na bolsa. A avó com

Alzheimer, a tia-avó com demência, se tinha algo com que se preocupava era a memória. Não confiava nela, nem no raciocínio, não confiava tanto em si, talvez, sempre fazia as palavras a lápis e Matheus agora preenchia tudo à caneta. Rabiscava em cima dos erros, marcava a página com eles.

– Animal de excelente visão?
– Águia.
– Já tentei. Gavião também.
– Quantas letras?

Oito. Coruja, não. E felino? Pantera... Não. Passa pra próxima. Só falta essa, praticamente. Duas horas passaram, preencheram tudo, menos o animal bom de vista. Duas horas passadas, metade da viagem percorrida, quando o motorista resolve parar em um dos postos da estrada.

Quinze minutos. Dá pra esticar as pernas, comprar uma água e fumar mais um cigarro. Larissa tentou acordar o irmão que não quis descer, desceu sozinha, o maço escondido no bolso de dentro da bolsa, o isqueiro, mas que merda, esquecido no console do carro, caído na rua, já em outros bolsos outras mãos.

O motorista não fumava nem a senhora com varizes nem o rapaz de dois metros nem a moça chiquetosa, mas que merda maior ainda, esse povo saudável. A moça de casaco de onça falava no telefone celular, sem parar, falava rápido um sotaque difícil, acho que ela é portuguesa, a senhora me disse baixinho. Pouca gente tinha telefone portátil, pesado, quase um tijolo baiano, a antena como de rádio. Dá pra ligar pra qualquer lugar? Dizem que sim.

Mais uns três minutos, tá bem? Disse o motorista olhando o céu, a chuva chegando, a chuva caindo lá pra onde estavam indo, umas gotas já molhando o rosto. Larissa ajudou a senhora a entrar, ficou olhando a gringa conversar, ela que tentava equilibrar a mala de mão na cabeça, fazer vezes de sombrinha, olhou o salto alto cabelo trançado, uma pedra no dedo, devia ser de verdade. Duas horas, deu pra ouvir, mais umas duas horas de viagem.

Larissa sempre acha que em alguma viagem de ônibus o motorista vai esquecê-la no banheiro de alguma parada, vai que ele conte errado os passageiros ou nem conte nada, dê partida quando terminar o café e dê ré sem saber que a moça do assento 21D ainda se equilibra em alguma cabine.

A moça chique deve temer também, por isso desce com a bagagem, a moça com pedraria prataria roupa de grife recheando a mala, vai que roubam o resto do conjunto de leopardo, pode ser por isso também. Leopardo, oito letras.

– Porra, Matheus, a janela é minha.
– Ah, vamos dividir.

A irmã odeia essas coisas odeia ser contrariada que quebrem o pacto o trato que haviam feito. Pega a revistinha do encosto, procura a página daquela cruzada, Kuwait e animal de excelente visão, página 23, oito letras, leopardo, não era.

Era camaleão, como poderia imaginar, camaleão e olhos que alcançam 360 graus, um de cada lado do rosto, oposto, o máximo da visão periférica que o motorista precisaria ter para ver, lá longe, à direita, depois da curva na beira da rodovia que desemboca nessa, a Brasília desviando do buraco a pista molhada o pneu derrapando, depois o carro, depois o de trás, e o outro, Judas!, mais outro.

O motorista até tenta desviar quando chega na bagunça, puxa o ônibus para o acostamento, desenfreado, entra na mata os arbustos os topos de árvores baixas entrando pelas janelas abertas, os galhos puxando os cabelos e as rodas esmagando tudo o que é rasteiro, as bagagens saltitando no porta malas, os ovos de páscoa amassando uns aos outros, as revistas virando as páginas sozinhas.

Tá todo mundo bem? grita uma voz, lá na frente, quando uma árvore grande alta gorda para eles. Será que a moça leoparda empresta o celular se ele não tiver estragado, empresta, sim, compaixão, se fosse outro feriado talvez não, Larissa vai ligar pra mãe avisar que tá tudo bem, Matheus está com o braço cortado, ninguém mandou desdenhar do par ou ímpar, acho que a gente demora mais umas horas, as ambulâncias e viaturas logo tomam a estrada, avisa o pai e Jesus que talvez a gente chegue pro almoço de domingo.

QUERIA CHUVA DE VERÃO

O doutor acabou de explicar que com sorte a condição não avança. Condição é outro jeito que arranjaram para falar doença, doente, você está doente parece muito sério, muito bruto, frio, sem muita saída ou com uma saída bem longe dali, sem letreiro luminoso indicando a porta, sem setas pelo caminho escuro para guiar a chegada.

Doença geralmente tem algum tratamento, mesmo com saída longe. As que não têm chamam de terminal, mas a minha não é terminal nem paliativa nem tem cura por isso ele chamou de condição. Estou condicionada a viver com isso para o resto da vida.

Ele disse com sorte porque essas coisas são meio imprevisíveis, tempestade tropical, mesmo tratando e tomando todos os remédios na hora que apitar o alarme, evitando ar-condicionado, fazendo musculação e alongamento, de manhã e à noite. Mesmo fazendo tudo certinho pode ser que o quadro complique, pode vir chuva torrencial alagamento ciclone.

Pode ser que minhas juntas fiquem enrijecidas e eu tenha dificuldade de dobrar os dedos em alguns anos, em alguns meses. Talvez eles não dobrem mais, fiquem cheios de nós, os de marinheiro, e então ficará difícil escrever, cozinhar e me masturbar do jeito que faço hoje. Meus dedos indicam minhas dores e guiam todos meus prazeres, doutor.

Talvez eles fiquem duros de verdade, galhos de árvores, firmes, capazes de balançar com o vento, mas sem mudar a estrutura, sem se dobrar como quando eram galho novo, verde, broto. Dedos em ventania chamam os dedos que apontam para as diagonais, externas, janelas abertas, deviam chamá-los dedos de galhos maduros após ventania, não voltam à posição inicial. Eles quebram, doutor, se ventar muito forte?

Doutor, eu te falei que ganho a vida escrevendo? E ele falou para manter a mesa de trabalho baixa, a mão sempre mais baixa que o antebraço, a inflamação é quase toda nas articulações que podem inchar inchar e comprimir os nervos da região. Você já está com dormência nas mãos, não está?

A mão segurando o celular agora dorme, o braço estendendo roupa dorme ou dói, o braço fazendo ola ou balançando de um lado para o outro em um show. Eles cansam bem mais rápido, o braço e os dedos, todos esquerdos, canhota, a condição só pegou esse lado em cima. Embaixo, ambidestra nos joelhos e tornozelos, por isso nem tenho ido mais a shows, dói agitar os braços, dói manter-me de pé ou sentada, dói manter-me de bruços, deitada de lado.

Tem que manter a mente alinhada, o doutor fala quando começo a chorar, pega um lenço da caixinha em cima da mesa, perto das miniaturas de partes de gente que ele deve usar às vezes para explicar melhor o que acontece nas partes grandes da gente. A caixinha ali me alivia, não sou nem a primeira nem a última a chorar nesse consultório.

O tratamento médico, de pílulas e prescrição, ele continua, é só 50%. Ele fala assim, como a probabilidade de dar cara ou coroa jogando uma moeda pra cima, como aquele vídeo do protetor solar que eu vi repetidamente na internet discada quando era criança, suas escolhas têm 50% de chance de darem certo, mas também 50% de chance de darem errado. A pessoa que escreveu esse texto não sabia muito de probabilidade. Nem o doutor.

Se fosse a cabine do Sim e do Não do Silvio Santos as chances seriam cinquenta/ cinquenta, meio a meio, você deseja trocar uma bicicleta novinha por uma caixinha de fósforos vazia? E uma TV a cores por uma lancheira velha? Você deseja que as células do seu corpo se ataquem em vez de funcionarem normalmente?

Doença autoimune, ele falou meses atrás, antes de ver qualquer exame de sangue ou imagem, antes de pegar no meu pulso ou tornozelo. Viu pelo histórico de infecção de garganta, de ouvido de urina, pelas dores nas costas nos pés e cotovelos, no RPG que fiz tantas vezes e estava mais pra jogo de magia que fisioterapia os anti-inflamatórios tomados feito placebo, pílula de farinha, o sono, horrível, picado, o cansaço que não melhorava.

Doença autoimune, ele falou, e eu pensei que fosse ser mais um diagnóstico errado, já disseram tantas outras coisas, pensei que fosse chute ou palpite, leitura das linhas da palma da mão na pracinha do centro.

Um homem, moreno, mais velho, vai aparecer na sua vida quando você já estiver sem esperanças e mudar seu rumo para sempre. Puxei a mão antes que a cigana pudesse terminar e acrescentar a parte do casamento e dois filhos, sempre essa mesma história essa mesma promessa, mas a mulher acertou, pensei que ela falava de amor quando falou homem, é sempre isso que perguntam às adivinhas, aos búzios e às cartas, ela falava era do doutor.

Agora, eu quero saber dos filhos que eu nunca quis. Nunca pensei direito, nem naquele que eu tirei quando era nova, nem deu tempo, era carreira, carreira estabilidade e então a frente fria, tempestade. Quando as chuvas acontecem de forma enfileirada, ombro com ombro, formam uma linha de instabilidade, tempestade multicelular. Mais intensa do que uma sozinha, de uma célula só, mais intensa em abrangência, mais intensa em ventos fortes e tornados, células unidas causando ruína.

Os dedos da mão em ventania e os do pé em martelo, é assim que chama o dedão que não encosta no chão. Hálux devia chamar polegar também, como na mão, tão mais bonito. O hálux dedão polegar do pé dá o equilíbrio, dá o impulso para o próximo passo, como eu vou andar adiante se até o hálux desistiu de me prender ao chão e a previsão é de vendaval, me diz, doutor, por que os dedos do pé não podem virar raízes como os das mãos viram galhos?

Onde foi mesmo que encontrei a cigana pra eu voltar perguntar do resto da vida? Desses filhos, vai dar para ter se eu quiser dessa vez, minhas amigas sempre reclamam da dor nas costas do peso da barriga, depois do peso do filho nos braços, vai dar pra carregar nos braços? O doutor diz que depende, que os hormônios podem ajudar ou piorar, mas a cigana vai saber, vai ler na linha da minha palma que ainda não bagunçou com o vento.

O doutor mais velho, moreno nos fios resistentes ao redor da careca, o doutor vidente que viu doença quando ninguém via ali nada ali há tanto tempo. Fibromialgia, fadiga, mediunidade, obsessor espiritual, fiz banho de folha, banho aromático, massagem, drenagem, tomei chás e vergonha na cara, falaram isso também, todo mundo tem dor e dorme mal, é exagero seu, não tá com depressão não?

Um quadro depressivo, agora sim, tristeza. Mas vai passar, o doutor garante enquanto termina as prescrições e me estende mais um lenço, o rosto compassivo e um tanto contido, olhos bocas e gestos de quem dá a mesma notícia quase todos os dias.

    Pelo menos você tem um diagnóstico agora, querida, isso não é bom, não é menos nebuloso?, agora dá para tratar, ele diz, me oferecendo uma sombrinha e uma saída para um banho quente, ao menos para hoje. Amanhã, pelo que vi na previsão do tempo, não tenho tanta sorte. Parece que chove de novo.

AS DUAS EVAS

Quarta-feira de cinzas

Era um empurra-empurra e um roça-roça e o glitter dourado verde-alaranjado escorrendo da cara passando para costa da mão que limpava o suor da testa. Era confete caindo do céu para os paralelepípedos, do céu para dentro das latinhas de cerveja, bebe logo que esquenta, três latões por dez é muito mililitro, quase meio litro, se bebessem menos quem sabe pensavam duas vezes no que faziam.

Vou precisar mijar, Carolina disse, o quê, preciso mijar, precisa o quê?, banheiro!, de novo, Carol? caralho, parece que tá furada. Minha bexiga é pequena. Carol não aguenta. Carol nunca aguentava, o sol escaldante os corpos mornos tão perto, a comida de rua caindo mal no estômago, as meninas querendo ficar até tarde e ela querendo logo dormir, o banheiro tão longe, quando tinha. Faz na rua mesmo, Carol, de pé, ninguém tá reparando.

Todo ano era a mesma coisa e todo sábado de carnaval ela dizia que merda tô fazendo aqui? Chega, ano que vem não volto. E aí alongava a coluna e as pernas e tomava mais catuaba, garapa com cachaça, três latões dos três latões por dez e entrava no ritmo. Milena e Marília eram tamborim e agogô, aceleradas, sensualidade e ritmo frenéticos, ela era surdo, segundo surdo, pura marcação, mas como em todo grupo e toda fanfarra a farra só era boa se todos os elementos estivessem ali.

Ali, banheiro químico, finalmente, pai amado. Vai sozinha? A gente espera aqui na rua. Vão me largar, ela teve certeza. Onze banheiros no terreno baldio, as filas enormes, gente fazendo do lado de fora das cabines, atrás dos arbustos, os homens misturados às mulheres, piratas princesas da Disney e super-heróis, todos humanos esperando para escoar.

Power Ranger azul chegou atrás dela, tá calor, né? Chegou segurando o gorro com uma mão, com a outra mão abanava o rosto. Devia ter feito a barba, esse negócio esquenta, você tá vestida de quê? Fruto proibido. Carol mostrou a maçã no topo da cabeça, a cobra enrolada no braço, balançou as folhas de plástico presas no quadril feito saia. Original, hein?

E a fila andando a passos curtos, Adão puxando assunto com Eva, o paraíso cheirando a amônia, a trilha sonora proporcionada pela cantoria de algum bloco que passava na rua, marchinha própria. A bateria em frente ao portão do terreno, a caixa alta e o estalar do agogô deixando a conversa cheia dos gritos, primeira vez aqui, nunca tinha vindo, é bom né, e o que você tá bebendo, deixa eu experimentar, que forte, menina, você é porreta hein, pena que hoje é terça, já tá acabando.

Chegou a vez dela e o ventre se contorceu de alegria, os rins tão apertados, ela colocando o agachamento à prova, se equilibrando para não encostar no assento, molhado como a parte de dentro, as mãos nas paredes plásticas, a bexiga resistindo em esvaziar, respira fundo, imagina água corrente, a chuva caindo, torneira aberta vazando sobre a pia, tem que relaxar.

Papel tinha no bolso, bem amassado, embaixo da saia de folhas, tinha para mais dois xixis. Um cocô. Saiu do banheiro encaixotado, mais quente que o dia lá fora, e ele pediu me espera. Deu o gorro de Ranger para ela segurar, garantia que esperasse. Adão entregando a maçã a Eva.

Ele logo saiu com as mãos de pinto e pegou o rosto dela, nem quis saber da máscara, pegou o rosto com as mãos e trouxe à altura do seu, as bocas agora na mesma direção, as bocas brincando de pega-pega uma com a outra. Beijo era tudo igual.

Amarelo, rosa, branco, vermelho, que cor mais havia? Nenhum outro Ranger esperou o azul na rua, o Megazord ficaria incompleto. As meninas esperaram, um outro fruto e uma odalisca, Marília nunca combinava fantasia. Mais três latões distribuídos entre as mãos delas, uma garrafa de coquinho nova embaixo do braço de Milena, Milena gargalhando e cutucando Marília, olha lá o que ela trouxe do banheiro.

O rapaz ficou ali junto, colado feito casal, a mão na cintura de Carol, roçando a braguilha do shorts azul nas folhas sobre a bunda, a mão na cintura para marcar presença. Milena cutucava Marília e ria, dava para ouvir ela falando, fazia questão de falar alto, só a Carol pra casar no carnaval. Carol via ela olhando de canto enquanto beijava o Ranger, nessas horas ela ficava quieta. Boca é tudo igual, Milena argumentou no domingo, quando falou para elas se beijarem. O gosto da boca não, o gosto da boca de Milena era melhor.

Na segunda, Milena fez que não aconteceu nada no domingo, agora era terça e parecia que nada nunca tinha acontecido mesmo. Nem sugeriu de beijarem a três de novo, tinha começado assim, vamos beijar a três? Mas começaram a duas e continuaram desse jeito, os rapazes querendo entrar no meio e elas dizendo que vaza, ninguém fez trio e ninguém achou ruim as mulheres sozinhas ali coladas, alguns achavam ruim os homens que faziam o mesmo, gritavam bichas, que nojo, às vezes davam cotoveladas e empurravam forte com o tronco, fazendo parecer que era a folia que empurrava. Não era a folia, a folia abraça, a folia é colorida.

Na segunda, Milena só acordou e disse, nossa, que ressaca, não lembro de nada. Milena sempre reclamava que vodca dava amnésia por isso beberam todos os destilados e fermentados. Dormiram no mesmo colchão, as mãos dadas, a saliva da outra grudada no canto da boca e agora esse não, nada. Marília não podia testemunhar, se enroscou com um rapaz vizinho, anteontem Peter Pan e hoje Bambam, sumiu durante o dia com ele, aproveitar a casa vazia, disso nenhuma delas se esquecia.

Carol, vai perder o cabaço quando? E riam, riam debochadas como riam agora no meio do bloco, aquela risada que só dá quem não é a piada, que inferno esse assunto, essa pressão. Dá pra qualquer um e acaba logo com isso, já tá na faculdade, aproveita, se se formar virgem vai ser comida pelos leões depois. Leões cortam suas vítimas ao meio, as unhas afiadas rasgando a pele e o músculo junto, as presas na jugular, o corpo todo aberto, dilacerado, não era só as pernas que se abriam?

Cadu era o nome do Ranger, de Carlos Eduardo, devia ser, não perguntou. Cadu falou em frente a um portão verde claro, 121 FUNDOS pintado no muro, aqui é a casa que tô ficando, bem no fuzuê, se precisar ir ao banheiro de novo. E ela entendeu que ele quis dizer quarto vazio quando falou banheiro e disse agora não, mais tarde.

Quando passaram de novo pelo 121 os postes já iluminavam as ruas, a fanfarra tocava mais descompassada, a garrafa de coquinho já estava com dois dedos para terminar, os latões, ninguém sabia, perderam a conta. Cadu falou para as meninas que a casa dele era ali, alguém quer entrar? Eu tô meio cansado. Milena disse que quem sempre cansava fácil era Carol.

Eu tô bem, Carol retrucou, tá nada, aproveita e senta um pouco, Milena!, vai Carol, aproveita para alongar as pernas. E Carol não sabia dizer se era só mais um daqueles deboches ou se ela falava sério, se ainda tinha veneno na língua que ela passou em todos os rapazes que olharam de volta naquela tarde, se era um incentivo, um desafio, um daqueles momentos em que a gente diz exatamente o contrário do que gostaria.

– Você quer que eu entre?
– Por que não?

Vai, aproveita o leão, e Carol sentiu raiva da amiga que a fazia de presa, empurrando o fruto tão de graça assim. Eu vou, então, e virou de costas, virou e seguiu pelo corredor sem antes ver se Milena estava boquiaberta, se já tinha outra boca dentro da sua, beijos com gosto amargo do veneno, se ela nem ligou, não, nada.

Casinha pequena como toda casinha de fundo, sala cozinha, um banheiro, dois quartos com poucos corpos cansados espalhados pelos colchões no chão, um outro quarto, minúsculo, sem janela, um quartinho que fora do feriado devia servir de despejo, de despensa, um quartinho sem janela, um colchão de solteiro inflado ocupando quase todo o espaço.

Ele sentou-se no de ar e disse entra, e ela entrou, o fruto proibido, o fruto ainda meio verde, quase maduro, quase pronto para ser colhido, ele tateando na carne lisa, cheia de suco por baixo, o fruto pronto para ser colhido mas talvez não por ele. O fruto é sempre colhido por quem levanta as mãos e alcança primeiro. Tira a blusa primeiro, o shorts, os sapatos, deixa a roupa toda surrada no canto feito pano de chão.

E o beijo igual ao de qualquer um, o gosto diferente, aquela textura que nunca tinha sentido colocada no meio da palma da mão, depois colocada para dentro, a cabeça que não pensa. Ele empurrando-empurrando o negócio cada vez mais, o roça-roça do peito com pelo contra o peito nu, o peito reto contra o peito com dois peitos, sensíveis do beliscão que ele deu, Assim não gosto. O glitter do ombro dela passando para a palma da mão por todo o braço dele, o glitter da cara dela por toda a barba dele, aquele mar negro agora verde, pigmento amarelo da matéria orgânica, é isso que deixa as águas verdes, sabia? São as algas e outras plantas. Eu gosto quando o mar é verde.

Ele não ouvia o que ela dizia, ele grunhia e ela não entendia, não sabia se dizia para fora ou se os pensamentos rodavam presos na cabeça que pensa, é pra falar durante o sexo? só se for besteira, as meninas ensinaram, Gostosa, mete mais, isso sim, das cores do mar lá fora não. Daqui do quartinho o único salgado que dava para sentir era do corpo dele sobre o dela.

Doía o empurra-empurra, o corpo quase rasgando ao meio, ela lembrando que tem que relaxar, respirar fundo, feito bexiga, relaxar para descontrair os músculos, relaxar pra entrar e sair, relaxar pra ir e vir. Ele terminou antes que ela então o sexo terminou, já haviam avisado de tudo, então era isso perder a virgindade, ter prazer era outra coisa, os dedos da mão no botão do topo da concha.

Cadu jorrou como os rapazes nos arbustos do terreno, tirou a camisinha e jorrou outro líquido pela perna dela, ela que nem o próprio xixi escorria por ali. Carol saiu debaixo do corpo dele, pesado como o Megazord, pesado como um leão, pegou o papel amassado no bolso do shorts pano de chão e limpou a coxa. Limpou um branco-dourado verde-alaranjado.

O corpo dele dormia quando ela voltou do banheiro, faça xixi depois, previne infecção urinária, as meninas disseram. Os homens sempre morrem após gozarem, as meninas também disseram. Por isso você tem que aproveitar antes.

Carol deu uma olhada no Ranger, tão humano agora, nu, olhos fechados e braços atirados para os lados, e saiu sem deixar recado, telefone, endereço para que ele subisse a serra e a encontrasse depois.

Na volta para casa, funcionários da prefeitura apagavam a cor das ruas, varriam os confetes para os bueiros, as garrafas e latas e serpentinas para as lixeiras, por isso então a quarta-feira, os paralelepípedos e muros e as pessoas, todos saem do estado de alegria temporária, alegria induzida, varrem os vestígios do feriado programado para ser feliz e assim aos poucos, pessoas e cidade, vão voltando ao cinza da rotina, ao marasmo do cinza, à normalidade, e assim todo ano, assim como qualquer corpo sempre volta ao seu estado apático após qualquer momento de euforia.

Estava longe de sentir euforia ainda, um restinho de felicidade, talvez fosse toda a bebida, Marília dizia que o álcool é depressor do sistema nervoso central, causa depressão, a ressaca, a ressaca era a felicidade que tinha sido roubada pelo dia anterior. Pelos quatro dias anteriores.

Talvez fosse porque tivesse perdido algo. Perdido a virgindade, como se ela pudesse ser achada depois, recuperada, como se fosse muito precioso ter a primeira vez de algo que nascemos pra fazer. Talvez as primeiras vezes sejam importantes porque marcam inícios, primeiro dia de aula, primeiro beijo da vida, primeiro beijo em Milena, primeira menstruação, o sangue na calcinha agora é igual ao sangue da menarca. Menarca, essa primeira vez é importante, tem até nome próprio.

Perder sangue, isso sim perdeu um pouco. Vermelho vivo, forte, vermelho que escorre de corte no joelho. Vai manchar o fundo da tanga branca, já manchado de outros ciclos. Pensar que um dia vai parar de menstruar, que a regra da regra muda, e que a cada 28 dias, às vezes 32, não irá mais descamar, não precisará esquentar água quente para colocar bolsa no ventre, se preocupar que o sangue esteja no lugar que esperado, escondido. Sangrar, não, as mulheres nunca pararam de sangrar.

Chegou na casa e todos dormiam, olhos fechados e braços estirados, os corpos vestidos, Marília acordou mesmo ela andando na ponta dos pés. Milena não se mexeu nem quando ela se deitou no colchão. E aí? Eu dei. Eu imaginei. Por quê? Tá com uma cara diferente. Quando Carol foi ao banheiro na casa do Ranger e viu o sangue na calcinha, o rosto no espelho parecia igual.

– Foi bom?

– Não sei.

– Depois melhora. Viu, aconteceu alguma coisa com a Mi? – Marília disse baixinho, entre os dentes. Milena continuava sem se mexer no colchão, mas Carol sabia que quando ela dormia mesmo soltava um ronquinho baixo, quase um suspiro. – Chegamos em casa e fomos arrumar as malas, a Mi foi fazer as suas porque, né, vai saber que horas você voltava e a gente ia embora logo cedo, que horas são, falando nisso? Aí, aí sei lá o que aconteceu, baixou um santo nela, pera, ela tá dormindo aí, né? Aí ela começou a revirar sua mala, tacar as roupas pra fora, achei até que ela tivesse perdido algo ali, e começou a chorar, chorar enlouquecidamente, aí eu tentei acalmar e perguntava que que tinha acontecido e ela falava que nada, o que aconteceu?, nada, quer algo? Não, nada. E aí eu deixei quieto, já falei que vocês exageram demais, na faculdade o professor falou que o álcool...

Marília seguiu falando, a boca em movimento, sem emitir palavras que Carol pudesse ouvir, feito uma televisão no mudo, imagens sequenciais que não significam nada. Carol olhou Eva fingir que dormia, o caminho aberto pelas lágrimas nas bochechas, rios cortando o glitter, a costa da mão com um pouco do que sobrou do dourado verde alaranjado, todas as outras cores de glitter tinham acabado no carnaval do ano anterior. Todas as cores acabaram de vez nesse começo de quarta-feira, menos o vermelho, menos o vermelho manchando o cinza.

NÓS

Pega uma ponta. A outra. Passa embaixo. Aperta. Faz um círculo. Dá a volta ao redor do indicador. Puxa... Não. Volta. Pega uma ponta, passa sobre a outra. Depois faz a orelha do coelho. Puxa essa. Agora. Ai.

— Vó. *vó!*

— Que foi, querido? – respondeu saindo do quarto entrando no corredor, terminando de vestir o casaco de lã, à voz suave e passos firmes, agora apressados pelo chamado do menino.

Quarto neto, da segunda filha, e ainda não aprendeu a distinguir quando as entonações de "Vó" carregavam perigo ou simplesmente mimo.

— Não consigo.

No fundo da sala, entre o rack e a mochila do Homem Aranha, o menino se ajoelhava sob o tapete persa, tipo persa, nunca descobriram se o vendedor que bateu na porta décadas atrás realmente vendia algo verdadeiro. Assumiram que era e assim ele se fez genuíno.

Pedro apoiava um joelho no chão e abraçava o outro, enquanto as mãos seguravam as pontas dos cadarços do tênis.

— Pedro, consegue sim.

— Deu um nó. Olha.

Clarice se abaixou. Apoiou-se no braço do sofá ao lado deles, tomando cuidado para não acordar a hérnia de disco. Se travasse em qualquer posição, será que o menino conseguiria pedir ajuda? Sentou-se. A força muscular era insuficiente para imitar a pose do neto por tabela.

– Deixa eu ver.

Ele esticou a perna em direção à avó. Três nós se sobrepunham sobre o peito do pé de Pedro. Bem dados, firmes. Muito provável que não desmancháveis pela curta unha infantil, cortada por ela no dia anterior.

– Tentou desfazer?

– Sim. Não vai.

– Hmmm vamos ver... Senta aqui, mais perto.

Pegou o pé do menino, colocou-o no colo, e analisou-o como se fosse caso de consulta médica. Como se um caco houvesse entrado da sola do pé, ou o tornozelo tivesse torcido jogando bola.

– Não posso deixar assim? Tá preso, ó.

Pedro chacoalhou o pé e o calçado se manteve firme.

– Eu sei, mas melhor dar um laço.

– Por quê?

– Porque o nó prende demais, querido. Fica difícil tirar depois. O laço prende as coisas com firmeza, mas de um jeito delicado.

– Que nem você e o vô?

– Oi?

– Que nem o laço da foto.

Virou a cabeça para ver o que apontava a pequena mão. Sobre o aparador do outro lado do cômodo, ao lado do vaso de vidro que toda semana florescia, estava o porta-retratos feito sob medida, com a imagem feita sob encomenda. Quem deu nó agora foi o peito.

Clarice e Euclides sorriam. Se olhavam ao invés de olharem para a câmera. O olhar tenro e cúmplice dos amantes sortudos. "EM COMEMORAÇÃO AOS 50 ANOS DE

LAÇO", dizia a frase ao pé da fotografia. Cinquenta em números, para ressaltar a grandiosidade. Com um laço de cetim rosa, enfeitado em pérola, na moldura, para garantir a pieguice típica dessas comemorações.

A guerra esfriou, o golpe chegou, a banda passou. *Hey Jude*. TV a cores no Brasil, Herzog sumiu. Menstruação atrasada, compra o teste. Abre o espumante. Plano Cruzado atravessou nosso caminho e levou as economias. É Senna, é Tetra! *Bug* do milênio. O que é *bug*? Celular. *Smartphone*. Euclides, não tem tecla nesse aparelho. Aperta a tela.

– Vó, tem laço que dura tanto assim?

Sorriu forçado. O deles durou. Durou porque havia um *nós* bem grande, formando o laço, e outros tantos nós físicos e psíquicos e afetivos que deixavam o desatar improvável. Não impossível. Sabia disso agora. Sabia que a certidão as promessas o perdão, nada valia e tudo se esvaía.

– Vó, o Vô vai ficar bem?

– Vai sim.

Cinquenta anos fazia seis anos. A cabeça sabia que não fariam 57. O nó do peito apertou, enquanto desfazia o do pé. Era feito mentir para criança. Pior ainda mentir para si mesma.

– Pronto – disse ao terminar o conserto. – Já colocou na mochila o desenho que fez para o Vovô? Sim? Então me ajuda a levantar.

Com uma mão dada ao menino e o antebraço apoiado no sofá, se pôs de pé. As hérnias seguiram dormindo e ela seguiu para a cozinha, pegar as chaves e a bolsa que deixou ali depois da feira. As sacolas e os legumes e as folhagens todas ainda em cima da pia.

O molho enroscou na toalha de mesa quando o apanhou. Pressa demais e cautela de menos e uma linha do tricô repuxada. Libertou a chaveta do trama, tão amarelada, presente do enxoval, 57 anos cobrindo a mesa.

Voltou à sala e o neto estava em frente ao aparador, olhando a foto dos cinquenta anos, a foto de uma versão da família, sentada nos degraus em frente à casa, a foto do erro da tia de noiva, da mãe e do pai também de noivos, a data escolhida marcada na foto.

– Quinze de outubro de 2001?

– E o que tem?

– Eu nasci em 2002. Outubro, novembro, dezembro... – ele foi contando nos dedos até – ... Maio, sete meses. Eu nasci de sete meses?

– Não. Pedro, depois te explico – eu acho – vamos para o hospital?

– Tá bem. Mais uma coisa, Vó, não posso voltar a usar o tênis de velcro?

Ele falou olhando para baixo, os tênis, os cadarços, complicado. Não, querido. Chega uma hora que a gente tem que aprender a fazer laços. E nós. Mesmo que eles se sobreponham, emaranhem, sufoquem. Mesmo que um dia desatem.

Agradecimentos

Agradeço Jarid Arraes, por me fazer ver que eu podia ser uma escritora, e Marcelino Freire, por me fazer entender que eu já era uma.

Sheyla Smanioto, por me ajudar a pôr esse livro de pé e me pôr de pé tantas vezes durante o processo.

Renata Pires, Thaís Campolina, Jessica Cardin e Pilar Bu pela amizade e primeiras e sinceras leituras.

À minha mãe e ao meu pai, pelo apoio, sempre, sempre incondicional.

À minha avó, quem me ensinou a costurar.

Agora deixa o livro
volta os olhos
para a janela
a cidade
a rua
o chão
o corpo mais próximo
tuas próprias mãos:
aí também
se lê.

ANA MARTINS MARQUES

© Editora Nós, 2019

Direção editorial SIMONE PAULINO
Editora assistente LUISA TIEPPO
Assistente editorial JOYCE ALMEIDA
Projeto gráfico BLOCO GRÁFICO
Assistente de design NATHALIA NAVARRO
Revisão JORGE RIBEIRO

1ª reimpressão, 2023

Dados Internacionais de Catalogação na Publicação (CIP)
de acordo com o ISBD

S773c
    Squilanti, Ana
    Costuras para fora / Ana Squilanti
    São Paulo: Editora Nós, 2019
    144 pp.

ISBN 978-85-69020-50-9

1. Literatura brasileira 2. Contos I. Título.
                              CDD 869.8992301
2019-2226   CDU 821.134.3(81)-34

Elaborado por Vagner Rodolfo da Silva, CRB-8/9410

Índices para catálogo sistemático:
1. Literatura brasileira: Contos 869.8992301
2. Literatura brasileira: Contos 821.134.3(81)-34

Todos os direitos desta edição reservados à Editora Nós
Rua Purpurina, 198, cj 21
Vila Madalena, São Paulo, SP | CEP 05435-030
www.editoranos.com.br

Fonte NEWZALD, COIGN PRO
Papel PÓLEN BOLD 70 G/M²
Impressão SANTA MARTA